중학생 독후감 세계문학 136

중학생이 보는
민중의 적

헨릭 입센 지음 | **곽복록**(전 서강대 교수) 옮김
성낙수(한국교원대 교수)·**오은주**(서울여고 교사)·**김선화**(홍천여고 교사) 엮음

좋은 책 좋은 독자를 만드는
㈜신원문화사

책 머리에 ∙∙∙∙∙∙∙∙∙∙∙∙∙∙∙∙∙∙∙∙∙∙∙∙∙∙∙∙∙∙

　더 이상 언급할 필요도 없지만 요즘은 독서의 중요성이 더욱 강조되는 시대입니다. 첨단과학으로 이루어진 대중매체 덕분에 눈으로 읽는 것보다는 말초신경을 자극하는 동영상 쪽으로 관심이 모아지는 데 대한 우려 때문일 것입니다. 꿈과 희망을 가지고 자라나는 학생들에게는 올바른 사고력과 분별력을 키워 주어야 합니다. 그런 점에서 다른 사람들의 생각과 철학, 인생관과 세계관이 들어 있는 명작들을 많이 읽는 것이야말로 바람직한 학습 효과를 거둘 수 있는 지름길이라 생각합니다.

　명작은 오랜 세월에 걸쳐 많은 사람들이 읽고 크게 감동을 받은 인정된 작품들로서, 청소년들의 삶에 지침이 되어 주고 인생관에 변화를 주게 될 것입니다.

　이번에 중학생들에게 꼭 읽히고 싶은 명작들을 선정하여, 작품을 바르게 감상하고 독후감을 쓰는 데 도움을 주고자 이 시리즈를 기획하게 되었습니다. 작품들은 동서고금에 걸쳐 객관적으로 인정받은, 훌륭한 대상만을 선정하였습니다. 그리고 책의 구성을 다음과 같이 하여, 읽고 쓰는 데 도움이 되도록 하였습니다.

하나, 삶에 대한 지혜와 용기를 주고 중학생이라면 꼭 읽어야 할 명작만을 골랐습니다.

둘, 명작을 읽고 난 후의 솔직한 느낌을 논리적·체계적으로 쓸 수 있도록 중학생들의 독후감 작성에 따르는 부담을 덜어 주도록 구성하였습니다.

셋, 작품 알고 들어가기, 내용 훑어보기, 작품 분석하기, 등장인물 알기를 통해 작품을 분석하는 힘을 기를 수 있도록 하였습니다.

넷, 작가 들여다보기, 시대와 연관 짓기, 작품 토론하기 등을 통해 작가의 일생을 알고 시대의 흐름을 파악하여 상상력과 창의력을 키워 주도록 하였습니다.

다섯, 독후감 예시하기와 독후감 제대로 쓰기에서는 책을 읽는 방법과 독후감 모범답안 실례를 제시함으로써 문장력을 길러 주는 한편 독후감 쓰기의 충실한 길라잡이가 되도록 했습니다.

아무쪼록 이 책들이 중학생들의 학습 능력 향상에 큰 도움이 되길 빌어 마지 않습니다.

엮은이 성 낙 수

차 례
· · · · · · · · · ·

작품 알고 들어가기 ▪▪▪▪▪▪▪▪▪▪

'국가의 주권이 국민에게 있고 국민을 위하여 정치를 행하는 제도', 바로 민주주의를 이르는 말입니다. 우리는 가정이나 학교, 사회, 국가에서 민주주의가 가장 이상적인 정치제도로 받아들여지는 경우를 늘 봅니다. 하지만 주권이 국민에게 있는 것이 과연 늘 옳은 일일까요?

이 작품《민중의 적》은 독자로 하여금 이에 대해 많은 생각을 갖게 합니다. 작품 속에 등장하는 마을에는 마을의 일을 결정하려 적극적으로 나서는 민중들의 모습이 있습니다. 민주주의에 의한 정치가 잘 이루어지고 있는 마을 같지요. 하지만 그 민중들이 전적으로 옳다고 할 수 있을까요? 만약 그렇지 않을 경우, 옳지 않은 생각을 가진 민중들에 의해 이루어지는 정치가 바람직하다고 할 수 있는 것일까요? 작가는 작품을 읽는 독자들이 무심코 받아들였던 민주주의, 다수의 민중이 가지는 문제에 대해 이야기하려 합니다.

노르웨이의 극작가 헨릭 입센의 작품은 후기에 이르러 현실의 문제를 다루는 사실주의적 경향을 보이면서《인형의 집》(1879),《유령》

(1881) 등의 작품을 내놓습니다. 하지만 두 작품에 대해 보수파는 강하게 비판을 하고, 이에 대한 입센의 답이 바로 《민중의 적》입니다.

작품을 읽을 때에는 주인공 스토크먼과 시장, 신문사의 인물들, 그리고 민중들이 어떠한 입장을 취하는지에 주목하며 읽을 필요가 있습니다. 또한 희곡이라는 갈래적 특징을 가지는 만큼 겉으로 드러나지 않은 인물들의 심리, 의도 등을 잘 파악하며 읽도록 합시다.

민중의 적

♠ 등장인물

토머스 스토크먼   히스틴 온천의 의사.

카트리네 스토크먼   스토크먼의 부인.

페트라   스토크먼의 딸, 여교사.

에일프   스토크먼의 큰아들.

몰 텐   변호사.

페텔 스토크먼   스토크먼의 형, 시장 겸 경찰서장, 온천 관리 위원회 의장.

몰텐 킬   가죽 공장 경영주, 스토크먼의 장인.

호스타트   《민보》사 주필.

빌 링   《민보》사 기자.

홀스텔   선장. 스토크먼의 친구.

아스라크센   인쇄소 주인.

시민대회에 모인 사람들   각계각층의 남자 및 두세 명의 부인, 학생 다수.

제1막

의사의 거실. 석양 무렵. 실내 장식과 가구는 검소하지만 우아하고 품위
가 있음. 오른쪽 벽에 두 개의 출입문. 안쪽의 문은 앞 복도에, 관중석 쪽
의 문은 의사의 서재에 각각 이어짐. 이와 마주보는 벽에는 앞 복도 쪽
문과 마주보는 위치에 문이 하나. 이 문은 가족의 거실로 통함. 이 벽 중
간에 벽난로가 있음. 관람석 쪽의 가까운 위치에 소파 하나와 화장대가
있음. 소파 앞에는 타원형 탁자. 탁자에는 탁자보가 씌워져 있음. 탁자
위에는 갓이 달린 램프, 불이 켜져 있음. 배경에는 활짝 연 문 하나가 식
당으로 통함. 식당에는 식탁이 보이며 그 위에는 램프. 만찬 준비가 되
어 있음. 빌링이 냅킨을 턱 밑에 걸고 식탁에 앉아 식사 중. 스토크먼 부
인은 식탁 옆에 서서 방문객에게 큼직한 구운 고기가 담긴 접시를 들고
요리를 권하고 있음. 식탁의 다른 좌석은 비어 있음. 한 차례 식사를 마
쳤는지 다소 어질러진 느낌.

스토크먼 부인   한 시간만 더 늦었다면 싫어도 별도리 없이 찬밥을 드셔야 할 뻔했군요.

빌 링 (먹으면서) 아닙니다. 저는 괜찮습니다. 진수성찬입니다.

스토크먼 부인   아시다시피 주인은 식사 시간을 엄격히 지키시기 때문에……

빌 링 괘념치 마십시오. 저로서는 이렇게 혼자 천천히 먹는 편이 훨씬 맛이 더한걸요.

스토크먼 부인   맛있게 들어 주신다면 그것이……. (앞 복도에서 울려오는 발자국 소리에 귀를 기울인다) 오, 틀림없이 호스타트 씨가 오셨을 거예요.

빌 링 아마 그럴 겁니다.

스토크먼 시장, 모피 외투에 관모 차림으로 단장을 들고 들어온다.

시 장 안녕, 별고 없으신지?

스토크먼 부인   (거실 쪽으로 나온다) 어서 오세요. 시숙이셨군요. 잘 오셨습니다.

시 장 이 근처를 지나다가 들렀소. (식당을 힐끔 바라보곤) 그런데 손님이 계시는군?

스토크먼 부인   (다소 당황하면서) 아니에요, 특별한 손님이 아니에요. (빠른 말투로) 이리 오셔서 함께 드셨으면 좋겠군요.

시 장 뭐? 나더러 밥을 먹으라고? 사양하겠소. 뜨거운 저녁밥은 소화가 안 돼서.

스토크먼 부인　설마, 한 번쯤 드셔도 괜찮을 거예요.

시　장　역시 사양하겠소. 내게는 역시 차 한 잔에 샌드위치면 그만
이오. 몸에도 좋고, 다소 절약도 되고.

스토크먼 부인　(미소를 짓는다) 어머, 시숙 어른. 그렇다면 우리가 낭
비한다는 말로 들리는군요.

시　장　그런 뜻이 아니오. 천만에. (서재 쪽을 가리킨다) 주인 나리는
출타중이란 말이군요?

스토크먼 부인　식후에는 산책이 습관이에요. 애들을 데리고 말이
에요.

시　장　그게 과연 건강에 좋을까요? (귀를 기울인다) 돌아온 것 같군.

스토크먼 부인　주인이 아닐 거예요. (문을 두드리는 소리) 어서 오세
요. (호스타트, 앞 복도 쪽에서 들어온다)

스토크먼 부인　어서 오세요, 호스타트 씨.

호스타트　늦어서 죄송합니다. 인쇄 공장이 워낙 바빠서. 아차, 시장
님, 안녕하십니까?

시　장　(약간 어색하게 답례한다) 오, 자네가 무슨 일로?

호스타트　반반입니다. 신문에 논문을 써 주시라는 부탁도 있고 해서.

시　장　내 짐작대로군. 동생은 《민보》에 꽤 쓰는 것 같군.

호스타트　그렇습니다. 아우님께서 진리를 발표하는데, 우리 《민보》
에 기고하셔서 안 될 것은 없지 않을까요?

스토크먼 부인　(호스타트에게) 이봐요, 웬만하면. (식당을 가리킨다)

13

시 장　나는 동생이 독자들에게 호소해야 할 필요가 있어서 신문 지상에 발표하는 것을 반대하지는 않아. 근본적으로 내가 자네 신문에 이러쿵저러쿵할 이유가 없으니 말이야.

호스타트　옳습니다. 저도 동감입니다.

시 장　대체로 우리 시민들에게는 상호 협동의 바람직한 정신이 있는 것 같소. 이른바 공공 정신이라고 하는 것 말이오. 그 결과 무엇이든 시민 공동의 이해에 관계되는 문제에 대해서는, 적어도 정의에 입각한 시민들 전체가 평등하게 부담하는 공적인 이해에 대해서는 어디까지나 일치단결하는 미풍이 조장되는 것이오.

호스타트　예를 들면 온천 관리 문제처럼 말인가요?

시 장　그렇고말고. 그 결과 우리는 온천을 갖게 된 거요. 그렇지 않소? 온천은 장차 이 시민 생활의 유일한 터전이 될 것이 틀림없소. 이건 의심의 여지없는 사실이오.

스토크먼 부인　그럼요. 주인도 같은 말을 했어요.

시 장　최근 이삼 년 동안 온천의 발전상은 괄목할 만한 것이었소. 시민들의 호주머니에는 저절로 돈이 굴러 들어오는 거요. 시민들은 의욕과 활기에 넘쳐 있소. 집세는 물론 땅값은 날로 치솟고…….

호스타트　실업자들의 모습은 거의 볼 수 없게 되었더군요.

시 장　그럴 거요. 유산 계급에게 과하던 빈민 구제 부담은 날로 줄어드는 기쁜 현상을 보여 주고 있소. 이대로 올 여름까지 착실히 하면 그런 부담은 한층 경감될 거요. 어쨌든 관광객을 많이 유치해서 될 수 있는 한 많은 사람에게 이 온천을 널리 선전하는 길이 최상의 방법이오.

호스타트 그와 같은 전망은 충분히 실현될 것 같습니다.

시 장 그렇소. 전망이 꽤 밝소. 전셋집이나 셋방 문의가 매일 쇄도하고 있소.

호스타트 그렇습니까? 그렇다면 이 댁 선생님 논문의 선전 효과도 한층 더할 것 같군요.

시 장 무엇을 썼소?

호스타트 이건 작년 겨울에 쓰신 논문에 관한 것입니다. 온천의 효능, 이 지방이 건강에 좋은 휴양지라는 증거 등을 상세히 쓰셨지요. 그러나 그 당시 발표를 보류한 채 지금 수중에 있습니다.

시 장 그건, 특별히 그럴 만한 사정이라도 있었소?

호스타트 아닙니다. 그런 것이 아니라, 봄까지 기다리는 게 좋겠다고 생각한 겁니다. 봄이 되어 모든 사람이 몸보신을 위해 떠나려고 생각하기 전에는 아무 효과가 없다고 판단했습니다.

시 장 옳소. 과연 그대로요. 당신 의견에 동의하오.

스토크먼 부인 주인은 온천 일에는 굉장히 열을 올리고 계세요.

시 장 그래요? 하기야 그게 그 애 직무이니 그렇겠죠.

호스타트 그렇습니다. 그리고 이 온천의 기초를 마련하신 것은 바로 그분이지요.

시 장 그 애가? 그럴까? 나도 그런 말을 어떤 부류의 친구들로부터 듣기는 했소. 그러나 솔직히 말해 그 계획에는 나도 꽤 힘을 썼소.

스토크먼 부인 그래요. 주인도 항상 그런 말을 하고 있어요.

호스타트 물론입니다, 시장님. 누가 그걸 부인하겠습니까. 실제로 문제를 추진하고 이만큼의 성과를 올린 것은 모두 시장님의 힘이었습니다. 그건 누구나 다 알고 있습니다. 제가 말하는 의미는 온천장을 만들자는 근본적인 생각은 이 댁 주인께서 내셨다는 말입니다.

시 장 그렇소. 그런 생각을 처음 한 것은 동생임에는 틀림없소. 그러나 그는 속수무책이었소. 생각을 낸 것은 그였지만 이 생각을 완성시키는 데는 다른 사람의 두뇌가 필요했소. 실제로 자네, 아무리 적게 잡아도 이 집에서 뭔가…….

스토크먼 부인 어머나, 그런 것은 어쨌든…….

호스타트 그런 것이 어쨌다는 말씀입니까?

스토크먼 부인 어쨌든 좀 드셔야지요. 그러자면 주인도 돌아오실 거고.

호스타트 폐가 되어, 원. 그럼 한술 들겠습니다. (식당을 향해 나간다)

시 장 (말소리를 낮추어) 아무래도 농부 출신 녀석들은 다른 데가 있어. 버릇없는 본색이 그대로 드러난단 말이야.

스토크먼 부인 그까짓 일로 화를 내실 건 없어요. 시숙 어른은 주인과는 친형제이시니 명예도 똑같이 나누시면 더욱 좋을 거예요.

시 장 그것 참 좋은 말이군. 그러나 실제에 있어서, 사람들은 당연한 몫만으로는 만족하지 못하는 법이오.

스토크먼 부인 그건 옳지 않은 말씀이에요. 당신과 주인 사이에는 불만이 있을 수 없어요. (귀를 기울인다) 어머, 돌아왔군요.

스토크먼 (밖에서 큰 소리로 웃더니, 역시 큰 소리로 말한다) 여보, 여보, 카트리네, 손님 한 분 또 오셨소. 놀랐지? 선장, 어서, 어려워하지 말고 들어오게나. 외투는 못에 걸어 두면 돼. 아차, 그랬군. 자네는 외투를 입지 않았군? 여보 카트리네, 길에서 이분을 모셔 왔네. 싫다고 사양하는 걸 억지로 붙잡아 왔지.

홀스텔 (안으로 들어와 스토크먼 부인에게 인사를 한다)

스토크먼 (문턱에서) 애들아, 어서 들어오너라. 이 애들은 벌써 배가 고픈가 봐. 선장, 이리로 들어와요. 별로 훌륭한 음식은 없지만 구운 고기가 있을 거요. (홀스텔을 억지로 식당 안으로 밀어 넣는다. 에일프와 몰텐도 따라 들어간다)

스토크먼 부인 여보, 당신은 거기 형님이 보이지 않아요?

스토크먼 (문턱에서 뒤돌아본다) 아, 형님 오셨군요. (그 앞으로 다가가 손을 내민다) 일이 점점 재미있게 되는군.

시 장 가봐야겠다.

스토크먼 그럴 수가! 곧 종려주가 나올 겁니다. 여보, 카트리네, 설마 종려주를 잊지는 않았겠지.

스토크먼 부인 염려 놓으세요. 김이 무럭무럭 나니까. (식당으로 들어간다)

시　장　종려주도 있다고?

스토크먼　있고말고요. 그러니 천천히 자리 잡으시고 이야기라도 나
　　　　누시고 가세요.

시　장　고맙네. 나는 아직 종려주가 나오는 연회에 참석한 경험이
　　　　없거든.

스토크먼　별말씀을. 연회라고까지는 할 수 없어요.

시　장　어쨌든 내게는……. (식당을 들여다본다) 놀랐는걸, 저렇게 많
　　　　은 것을 모두 먹어 치우다니.

스토크먼　(두 손을 문지르며) 아무렴요. 젊은 애들이 먹는 것을 보면
　　　　정말 통쾌합니다. 그들은 언제나 먹는 것을 요구하거든요. 그
　　　　건 좋은 일입니다. 그만큼 소화가 잘 된다는 증거니까요. 그게
　　　　바로 힘의 원천이거든요. 발효하는 활력소를 듬뿍 빼앗아야
　　　　할 애들이거든.

시　장　동생, 그 빼앗아야 한다는 건 무슨 뜻이지?

스토크먼　그건 젊은 애들한테 물어봐야 합니다. 그들이 언제든 알
　　　　게 되면 말입니다. 하지만 그때가 되면 우리들은 살아 있지 않
　　　　을 테지만요. 물론이죠, 우리는 이제 늙은 청년이니 말입니다.

시　장　흥, 꽤 괴상한 말이군.

스토크먼　제 말을 그렇게 어렵게 받아들이지 않으셔도 돼요. 저는
　　　　지금 아주 유쾌하고 만족스럽거든요. 저 움트는 새싹 같은 젊
　　　　은 생명의 인상이 흐려져 기억에 남지 않은 것뿐입니다. 그러
　　　　나 저는 장기간 북쪽 끝 변방에서 쓸쓸한 생활을 했거든요. 그

곳에는 자극적인 이야기를 들려주는 사람이 찾아오는 일은 매우 드물었답니다. 그래서 그런지 여기에 와 보니 세계 제일의 대도시의 소용돌이 속에 갑자기 내던져진 것 같기만 하군요.

시 장 흥, 세계 제일의 대도시라고?

스토크먼 저도 이 도시가 다른 도시에 비해 작은 것은 잘 압니다. 그러나 이곳에는 생활이 있어요. 인간으로서 그것을 위해 일하고 싸우는 데 족한 일들이 여기에는 얼마든지 있습니다. 여보 카트리네, 혹시 편지 온 것 없소?

스토크먼 부인 (식당에서) 아니요, 한 통도 오지 않았어요.

스토크먼 그리고 형님, 제법 수입도 있거든요. 저와 같은 고생, 배불리 먹지도 마시지도 못한 고생을 해온 사람에게는 여간 고마운 일이 아닙니다.

시 장 알았다, 알았어.

스토크먼 솔직히 말씀드려 우리 집 부엌 형편은 정말 꼴불견이었지요. 그런데 지금은 귀족도 부럽지 않답니다. 오늘 점심은 구운 고기였거든요. 그런데 그게 저녁상에까지 오르다니 말입니다. 형님 조금 들어 보십시오. 아니면 잠깐 구경만이라도 하세요. 어떻습니까?

시 장 아니야, 아니야, 제발…….

스토크먼 그럼 이쪽으로 오십시오. 어때요? 이 테이블보를 새로 샀습니다.

시 장 벌써 보았다.

19

스토크먼 그리고 이 램프 갓도 보십시오. 이걸 모두 카트리네가 절 약해서 모은 돈으로 마련한 겁니다. 믿지 못하시겠어요? 그리 고 이리 와 보십시오. 아니야, 아니야, 그렇게 하는 게 아니야. 그렇지, 됐어. 어때요? 이제는 불빛이 한 군데 모이는군요. 예 쁘지 않습니까? 그렇지요?

시 장 음, 좋기는 좋군. 그러나 언제까지 이런 낭비하는 생활이 계 속될까?

스토크먼 옳은 말씀입니다. 지금은 그럭저럭 이 정도의 생활은 할 수 있을 것 같습니다. 카트리네의 말에 의하면 우리 생활에 소 용될 만큼은 제가 거의 벌어들이고 있다는군요.

시 장 거의 다? 좋겠군.

스토크먼 아무리 학자라고 해도 체면은 지킬 만한 생활은 해야지 요. 하찮은 말단 관리도 일 년 동안의 지출은 저보다 많을 겁니 다.

시 장 그야 그럴 테지. 관리들 중에서도 상급 관청에서 일하는 자 는……

스토크먼 그것뿐인가요. 하찮은 장사치도 그래요. 저보다 몇 배 나 은 생활을 하고 있지요.

시 장 이것저것 비교하기로 하면 한이 없지 않나.

스토크먼 형님, 어쨌든 저는 쓸모없는 낭비 생활을 하고 있는 게 아 닙니다. 단지 제 곁에 많은 친구를 두고 싶은 소망을 이루고 싶 을 뿐이에요. 이건 필요한 일입니다. 오랜 세월 떠돌이 생활을 해온 제 처지에서는 더욱 그래요. 팔팔하고 유쾌한 젊은이들과 이해관계를 따지지 않는 놀기 좋아하는 친구들과 어울린다는 건 생활상의 필수 조건 중 하나랍니다. 저기 보세요. 그런 친구들이 자리 잡고 앉아 거리낌 없이 맛있는 음식을 더 내라고 하지 않아요. 그러니 형님, 호스타트 같은 친구들과도 가깝게 사귀는 게 좋을 겁니다.

시 장 호스타트라? 그자 말로는 네 새 논문이 나온다고 하더구나.

스토크먼 제 논문이라면?

시 장 네가 온천에 관해 작년에 썼다고 하더구나.

스토크먼 오, 그것 말이군요. 그런데 그걸 지금 발표하는 건 곤란한데.

시 장 곤란해? 내가 알기로는 지금이 가장 적절한 시기 같은데?

스토크먼 물론 그래요. 보통 경우라면 말이에요. (방 안을 서성댄다)

시 장 (스토크먼의 거동을 눈으로 좇는다) 그렇다면 뭔가 사정이 달라졌다는 말인가?

스토크먼 (멈추어 선다) 그래요, 형님. 이 자리에서 설명하기는 어렵지만 말입니다. 적어도 오늘 밤만은 사정이 곤란해요. 경우에 따라서는 전혀 다른 일이 일어날지도 모르고, 어쩌면 일어나지 않을지도 모르지만요. 지금 같아서는 추측으로 끝날 것 같기는 합니다만.

시 장 나는 도무지 네 말을 알아들을 수 없구나. 수수께끼 같아. 실제로 어떤 곤란한 문제라도 있단 말이냐? 내가 알아서 안 될 일이란 말이냐? 그러나 나도 온천 관리 위원회 의장을 맡고 있으니 모르고 넘어갈 수는 없지 않나.

스토크먼 그야 그렇지만, 제게 계획이 있어서 그러는 겁니다. 형님, 이런 문제로 다투고 싶지 않아요.

시 장 천만에, 내가 너하고 싸움질이나 할 위인이야? 그러나 신중히 생각해야 할 일은, 모든 일은 실무적으로 진행시켜야 하며 문제에 따라 각각 적당한 기관을 통해 시정할 것은 시정하고 새로이 시작할 것은 시작하도록 해야 한다는 거야. 먼 길을 돌거나 뒷길을 통해 일할 건 없지 않느냔 말이다.

스토크먼 제가 정당한 길을 버리고 먼 길을 돌았거나 뒷길로 간 일이 있다는 말씀입니까?

시 장 어쨌든 너는 원래 자기 멋대로 하려는 버릇이 있거든. 그 버릇은 질서가 잡힌 사회에서는 대개의 경우 통하지도 않으며 용납되지 않는 거야. 개인의 의사는 어디까지나 전체의 의사에 굴복하지 않으면 안 되는 거야. 이 말을 좀 더 정확하게 설명하면 공동의 이익을 감시하는 역할을 맡은 관헌의 명령에 복종해야 한다는 거야.

스토크먼 물론 옳은 견해입니다. 그러나 그게 저하고 무슨 관계가 있는 말씀인지요?

시 장 아니야, 토머스. 이건 네가 알아야 할 문제야. 조심하는 게 좋아. 언젠가 후회할 날이 있을 거다. 조만간에 말이다. 이 말만은 꼭 해 두고 싶어. 그럼 잘 있게.

스토크먼　형님, 형님은 뭔가 잘못 생각하고 계시는 게 아닙니까? 전

혀 다른 입장에서…….

시　장　아니야, 나는 그럴 위인이 아니야. 어쨌든 나는 물러가겠다.

(식당을 들여다보며 작별 인사를 한다) 안녕, 카트리네. 여러분, 안

녕. (나간다)

스토크먼 부인　(거실로 나온다) 돌아가셨어요?

스토크먼　응, 왠지 기분이 좋지 않으신 것 같아.

스토크먼 부인　당신 또 형님한테 대드신 거 아니에요?

스토크먼　그럴 리가? 내가 아직 시기가 좋지 않아서 관청에 보고할

수 없다고 했더니 형님은 그게 마음에 드시지 않은 것 같아.

스토크먼 부인　보고라니, 도대체 무슨 말씀이에요?

스토크먼　당분간 당신은 모르는 척해 둬요. 그나저나 편지가 없으

니, 이상한데.

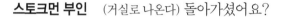

호스타트, 빌링, 홀스텔이 식탁을 물리고 거실로 나온다. 에일프와 몰텐

도 뒤따라 나온다.

빌　링　(두 팔을 벌리고 기지개를 켠다) 아, 잘 먹었다. 제기랄, 사람이

달라지지 않아선 안 될 거야.

호스타트　시장님은 오늘 기분이 몹시 언짢으신 것 같던데요?

스토크먼　별것 아니야. 소화 불량 탓이야. 그분은 위가 약해서 몸도

쇠약해졌거든.

호스타트 특히 우리 《민보》는 시장의 위장에는 맞지 않는가 봐요.

스토크먼 부인 저는 그분과 벌써 화해하신 줄 알았는데 그렇지 않군요.

호스타트 그야 그렇지만 당분간 일종의 휴전 상태라고나 할까, 그런 관계입니다.

빌 링 옳은 말씀이에요. 그 말은 현 시국을 적절히 표현했어요.

스토크먼 어쨌든 내 형은 고독한 분이란 걸 잊지 말아 주게나. 형은 불쌍한 사람이야. 마음 편하게 휴식할 가정이란 게 없거든. 그저 일밖에 모르셔. 어디를 가도 일만 하시니. 그리고 예의 상비약처럼 마시는 묽은 차도 문제 중 하나야. 애들아, 어서 의자를 가져오너라. 여보, 종려주가 곧 나올까?

스토크먼 부인 (식당으로 간다) 네, 바로 내겠어요.

스토크먼 여보게, 선장. 이 소파에 앉게. 자네는 우리에게 특별한 손님이야. 그리고 여러분, 모두 앉읍시다.

객들은 탁자 둘레에 앉는다. 스토크먼 부인이 주전자, 컵, 물병, 기타 차 끓이는 도구를 담은 쟁반을 들고 나온다.

스토크먼 부인 이쪽은 이락 주, 이쪽은 럼 주 그리고 코냑도 있어요. 좋을 대로 많이 드세요.

스토크먼 (잔을 든다) 자, 차례차례 잔을 돌리며 듭시다. (이 사이에 종려주를 섞는다) 그런데 담배는? 에일프, 너는 담배 상자 있는 곳을 알지? 그리고 몰텐, 너는 아버지 파이프를 가져오너라. (아이들은 오른쪽 방으로 들어간다) 그런데 내가 보기에 에일프 녀석은 가끔 담배를 피우는 것 같아. 나는 알면서 모른 척하고 있거든. (부른다) 그리고 몰텐, 카로트(차양 없는 모자)도 부탁한다. 카트리네, 당신이 가서 가르쳐 주구려, 내 카로트가 있는 장소 말이오. 벌써 가져왔군. (아이들이 부탁받은 물건들을 들고 나온다) 자, 모두 피우게나. 그런데 나는 이 파이프를 잠시도 손에서 떼어 놓을 수가 없단 말이야. 내가 북쪽 땅에서 살 때는 이 파이프를 벗 삼아 그 많은 폭풍우의 나날을 지냈다네. (건배한다) 건배! 어쨌든 이렇게 편안하게 근심걱정 없이 앉아 있으니 그때와 현재 사이에 격세지감이 느껴지는걸.

민중의 적

스토크먼 부인 (뜨개질을 하면서) 선장님은 바로 바다로 나가시나요?

홀스텔 아마 내주까지 출항 준비가 끝날 것 같아요.

스토크먼 부인 듣기에는 아메리카 방면이라고 합니다만?

홀스텔 그렇소. 그럴 계획이요.

빌 링 그럼 이번 시 의회 의원 선거에는 참가하지 못하시겠군요.

홀스텔 또 선거가 있소?

빌 링 모르셨나요?

홀스텔 몰랐소. 나는 원래 그 방면에는 관심이 없어요.

빌 링 아무리 그렇다고 해도 공공의 의무 이행에 무관심해서는 안 될 것 아니오?

홀스텔 하기야 나는 그런 정치 방면 일을 잘 모르니……

빌 링   어쨌든 한 표 던지는 의무는 이행하셔야죠.

홀스텔   정치를 전혀 모르는 사람도 말이오?

빌 링   전혀 모른다고요? 그게 무슨 뜻이지요? 사회는 배와 같다고 비유할 수 있소. 모든 사람들이 공동으로 키를 잡는 거죠.

홀스텔   육지에서는 그럴지 모르겠지만 바다에 뜬 배에서는 그렇게 쉬운 문제가 아니오.

호스타트   그렇지만 바닷사람이라고 해서 육지 일에 너무 무관심하다니 영문을 모르겠소.

빌 링   정말 영문을 모르겠군.

스토크먼   뱃사람이란 철새와 같은 걸세. 남쪽 북쪽 어느 곳에 있건 그곳을 고향으로 생각한다네. 덕분에 육지에 사는 사람들은 더 바쁘게 날뛰어야 하는 걸세. 호스타트 군, 내일 《민보》에는 무슨 색다른 기사라도 있나?

호스타트   시정에 관한 기사는 없어요. 그러나 모레 신문에는 당신 논문을 내려고 합니다.

스토크먼   이건 놀랐는걸. 그 논문을 말인가? 아니야, 그건 안 돼. 좀 더 기다려 주게.

호스타트   제 생각으로는 지금이 가장 알맞은 시기입니다. 그리고 신문의 지면도 여유가 많은 때이기도 하고.

스토크먼   물론 자네 말 그대로겠지. 어쨌든 기다려 주게나. 그 이유는 후에 설명하겠네만.

페트라가 모자를 쓰고 소매 없는 외투를 걸친 차림으로 겨드랑이에 습
자용 책을 끼고 앞 복도로부터 들어온다.

페트라   다녀왔어요.

스토크먼   오, 페트라로군, 어서 오너라.

서로 인사를 교환한다. 페트라, 모자와 외투를 벗어 습자용 책과 함께
탁자 앞 의자에 놓는다.

페트라   어머, 다른 사람은 밖에 나가 열심히 일하고 있는데 이분들
은 한가롭고 속 편하게 앉아서 놀고 있군요.

스토크먼   그래, 말 잘했다. 그러니 너도 좀 편하게 살아가면 좋지
않니?

빌 링   아가씨, 한잔 만들어 드릴까요?

페트라   (탁자 앞으로 다가선다) 고마워요. 저는 제가 만들어 마시는 게
더 좋아요. 당신이 탄 차는 너무 진해요. 그건 그렇고, 아빠, 저
는 아빠한테 드릴 편지를 갖고 왔어요. (그녀는 소지품을 둔 의자
옆으로 다가간다)

스토크먼   편지? 누구한테서?

페트라   (외투 주머니 속에 손을 넣고 더듬는다) 제가 막 집을 나서려고 할
때 우체부 아저씨가 주셨어요.

스토크먼   (일어서서 딸 곁으로 간다) 그런데 이제야 내놓다니, 쯧쯧.

27

페트라　하지만 편지를 가지고 되돌아올 시간 여유가 없었어요. 보세요, 이거예요.

스토크먼　(급히 편지를 받는다) 어디 보자. (겉봉을 읽는다) 그렇다. 바로 이거야, 이거……

스토크먼 부인　당신이 기다리신 것이 바로 그 편지였어요?

스토크먼　암, 바로 이거지. 어디 봉투를 뜯어볼까? 불이 어디 있지? 내 방에 램프를 켜 놓았소?

스토크먼 부인　저기를 보세요. 저 탁자 위에 램프 불이 환하게 켜져 있지 않아요.

스토크먼　알았어, 알았소. 여러분 잠깐 실례. (오른편 방으로 들어간다)

페트라　엄마, 무슨 편지인가요?

스토크먼 부인　나도 잘 모르겠구나. 요 이삼 일 동안 줄곧 편지가 없었느냐고 물으시더라.

빌 링　혹시 시외에 사는 환자가…….

페트라　아빠는 안됐어요. 일이 너무 많아지기만 해요. (종려주를 배합한다) 됐어. 이만하면 맛있어.

호스타트　아가씨는 야학에 나가시나요?

페트라　(종려주가 든 잔을 조금씩 빤다) 두 시간.

빌 링　오전 중에는 학교에서 네 시간…….

페트라　(탁자를 향해 앉는다) 아니에요. 다섯 시간이에요.

스토크먼 부인　오늘 밤에는 습자의 교정을 봐야겠지?

페트라　하루도 빠지지 않고 매일 그래요.

홀스텔   몹시 바쁘신 것 같군요.

페트라   그렇지만 저는 즐거워요. 감미로운 피로감을 맛볼 수 있거든요.

빌 링   그럴까요?

페트라   그래요. 그리고 일이 끝나면 곤한 잠에 빠지거든요.

몰 텐   누나는 죄업이 많아요. 나는 그렇게 생각해요.

페트라   죄가 많다?

몰 텐   그래요. 생각해 보세요. 누나는 일을 너무 많이 해요. 류르른이 말했지요. 노동은 우리의 죄업에 관한 하느님의 형벌이라고 말이에요.

에일프   (휘파람을 분다) 너는 멍청이야. 그런 말을 믿다니.

스토크먼 부인   그래, 그래. 그렇고말고.

빌 링   (웃는다) 정말 재미있군요.

호스타트   몰텐, 너는 일을 많이 하는 것이 싫으니?

몰 텐   네, 싫어요.

호스타트   그래? 그럼 너는 장래 무엇이 되고 싶지?

몰 텐   해적이 될래요.

에일프   그럼 너는 이교도가 되어야 해!

몰 텐   그렇다면 나는 이교도가 되어도 좋아.

빌 링   나는 몰텐 군의 의견에 찬성이야. 나 역시 똑같은 생각을 했거든.

스토크먼 부인   (눈짓을 한다) 설마, 당신 그건 농담이겠죠? 여보세요,

빌링 씨.

빌 링   네. 농담으로 이런 말을 하겠어요? 나는 이교도요. 그리고 내가 이교도인 것을 자랑하고 명예로 알고 있어요. 두고 보세요. 우리 모두가 곧 이교도가 될 테니.

몰 텐   그렇다면 우리가 하고 싶은 일을 마음껏 할 수 있겠군요?

빌 링   물론입니다.

스토크먼 부인   애들아, 너희는 저리 가거라. 예습이 아직 끝나지 않았지?

에일프   저는 더 있어도 괜찮죠?

스토크먼 부인   너도 안 돼. 둘 다 저리 가거라.

아이들, 인사를 하고 왼쪽 방으로 들어간다.

호스타트   당신은 이런 말을 아이들에게 들려주어서는 안 된다고 생각하시나요?

스토크먼 부인   네, 잘은 모르지만 그런 걸 좋아하지는 않는 편이거든요.

페트라   엄마, 나는 엄마 생각이 틀리다고 생각해요.

스토크먼 부인   그럴지도 모르지. 하지만 적어도 집 안에서 그런 말이 오가서는 안 된다고 생각해요. 나는 그런 것은 좋아하지 않아요.

페트라   집에서도 학교에서도 모두 위선만이 활개 치는군요. 집에서는 집대로 말하지 못하게 하고, 학교에서는 아이들에게 거짓말만 가르치는 형편이에요.

홀스텔 거짓말만 가르친다고?

페트라 네, 그래요. 우리 자신도 믿지 않는 것을 가르치고 있어요. 거짓말을 많이 하고 있어요.

빌 링 그건 당연한 말이오.

페트라 내게 돈이 많다면 내 학교를 세우고 싶어요. 그럼 색다른 일을 할 수 있을 거예요.

빌 링 그래요? 돈이라…….

홀스텔 달리 방도가 없다면……. 아가씨, 내 집을 제공하겠으니 학교를 만들어 보세요. 선친한테서 물려받은 집이 비어 있어요. 아래층에 넓은 식당도 딸렸고.

페트라 (웃는다) 네, 고마워요. 친절하신 말씀 고마워요. 하지만 건물만 갖고는 할 수 없어요.

호스타트 그럴 것 없소. 페트라 아가씨는 신문 기자가 되는 게 좋겠어. 적격이오. 잊기 전에 말하겠는데, 언젠가 번역을 부탁했던 영국 소설을 읽으실 시간이 있었나요?

페트라 틈이 없어 읽지 못했어요. 틈을 내어 꼭 읽어 두겠어요.

스토크먼, 겉봉을 뜯은 편지를 들고 방에서 나온다.

스토크먼 (편지를 휘둘러 보인다) 여러분, 특종감이오.

빌 링 특종감이라니요?

스토크먼 부인 그게 무슨 일인데요?

스토크먼 대발견이요, 당신.

호스타트 그렇다면?

스토크먼 부인 그건 당신이 발견하신 거예요?

스토크먼 물론 발견자는 나요. (방 안을 빙글빙글 돈다) 아마 모두 광인의 머릿속에 떠오른 허튼 생각이라고 비난하겠지만 말이오. 그러나 이런 말이 나올 수 있을 때가 그들 속이 편할 때요. 허허허, 곧 호되게 당할 거요.

페트라 아빠, 그게 뭔데 그러세요? 들려주세요.

스토크먼 그래, 그래, 조금만 기다려라. 모조리 말하겠다. 그런데 이 자리에 형님이 계셨다면 더욱 좋았을 텐데. 어쨌든 인간이란 아무리 사방팔방을 헤매고 다니지만 결국 눈먼 두더지 정도밖에는 알지 못하는 것인가 봐.

호스타트 선생, 그건 무슨 뜻이오?

스토크먼 (탁자 앞에서 멈추어 선다) 이 고장이 건강에 좋은 요양지라는 것은 여론이 아니었지요?

호스타트 물론 여론은 아니었지요.

스토크먼 그런데 건강에 매우 좋은 요양지로 알려져 있거든요. 환자에게는 물론 건강한 사람에게도 적극 추천되었고, 칭찬을 아끼지 않고 있거든요.

스토크먼 부인 하지만 당신······.

스토크먼　실제로 모르는 사람이 없을 정도로 널리 선전되었소. 나도 《민보》에, 또는 팸플릿을 이용해서 기회 있을 때마다 쓰고 또 썼고, 열을 올렸던 건 사실이오.

호스타트　흠, 그래서요?

스토크먼　이 온천장이 이 고장의 동맥이라고 불렸으며, 생활 기능의 전부라고까지 생각하고 있고, 기타 갖가지 이름으로 찬양되었으니……．

빌 링　나도 '우리 고장의 맥박 치는 심장'이라는 제목의 기사를 기분이 내키는 대로 대서특필한 적이 있었어요.

스토크먼　옳거니! 그런 적도 있었지. 그러나 사실은 거창한 돈을 들여 대대적으로 찬양하고 선전해 온 이 온천장의 정체가 과연 어떤 것인가……. 제군, 알고 있소?

호스타트　아니요, 아무것도. 도대체 뭡니까?

스토크먼 부인　궁금하군요. 도대체 정체가 어쨌다는 거예요?

스토크먼　온천 전체가 전염병 소굴이오.

페트라　어머, 온천장이?

스토크먼 부인　(동시에) 이 고장의 온천이?

호스타트　(거의 동시에) 그러나 선생님……．

빌 링　믿지 못하겠어요. 거짓말 같아요.

스토크먼　틀림없는 사실이오. 온천장 전체가 겉만 반지르르하게 칠한 병균의 소굴에 지나지 않소. 건강상 가장 불량한 상태의 병원균 소굴이오. 물방앗간 골짜기에 쌓인 불결한 쓰레기 전부가, 그 고약한 냄새를 풍기는 불결한 쓰레기가 모조리 탕원에 이어진 도관 물속으로 썩어 들어가고 있소. 그뿐 아니라 그 가공할 만한, 해로운 오물은 해변으로 흐르고 있는 거요.

호스타트 해수욕장이 있는 해변으로 말입니까?

스토크먼 그렇소.

호스타트 선생님은 그런 사실을 어떻게 그렇게 자세하게 아셨지요?

스토크먼 나는 이 문제를 규명하려고 오래전부터 신중하게 조사해 왔소. 나는 당초부터 이 문제에 관심이 갔으며, 의혹을 품고 있었소. 작년에도 위험한 병이 목욕을 하려고 오는 사람들 사이에 퍼졌소. 예를 들면 티푸스라든가 악성 위장병 말이오.

스토크먼 부인 정말 그랬지요.

스토크먼 나는 당시에 다른 곳에서 병의 원인이 되는 독이 옮아 온 것으로 생각했지요. 그러나 바로 작년 겨울이었소. 문득 생각나는 게 있어서 종전의 생각을 고쳐먹고 물 검사를 시작했어요. 내 능력으로 할 수 있는 데까지 세밀하게 했지요.

스토크먼 부인 그럼 당신이 열중하고 계셨던 일이 바로 그 일이었어요?

스토크먼 그렇소. 꽤 힘이 들었지요. 더욱이 이 고장에는 수질 검사에 필요한 과학상의 약품이며 재료가 없었지요. 그래서 음료수와 바닷물을 대학으로 보내 화학자들에게 정밀 분석을 의뢰했던 거요.

호스타트 그 분석 결과가 판명되었다는 말이지요?

스토크먼 (편지를 가리키며) 이게 그 분석 결과랍니다. 우리 고장의 물에는 해로운 유기물이 포함되었다는 사실이 검사 결과 판명된 겁니다. 어마어마한 수의 세균이 발생한다는 겁니다. 결국 이 분석 결과로 봐서는 이 고장의 물은 음료수로는 물론 목욕에도 써서는 안 될 만큼 해롭다는 거지요.

스토크먼 부인 어쨌든 빨리 판명된 것은 정말 다행이로군요.

스토크먼 그렇소. 당신 말대로요.

호스타트 그럼 앞으로 선생님은 어떻게 처리하실 생각이신지요?

스토크먼 물론 사건의 진상을 발표해야 하오. 그러고는 응급 대책을 조속히 강구하도록 해야 하오.

호스타트 그게 쉽게 행해질까요?

스토크먼 물론 조속히 강구해야 하오. 그렇지 못하면 이 고장의 온천장은 폐물이 되오. 황폐를 면하지 못하오. 그러나 걱정할 것은 없소. 나는 어떻게 하면 될지 그 대책을 알고 있으니.

스토크먼 부인 그런데 당신은 왜 이 일을 비밀로 하고 계셨죠?

스토크먼 확실한 증거도 없이 동네방네 쫓아다니며 소문을 낼 성질의 것이 아니지 않소. 할 수 있는 한 최대한의 주의는 해야 하거든. 그리고 나는 그렇게 어리석은 사람이 아니야.

페트라 아무리 그렇다고 해도 집안 식구들에게까지 비밀을 지킬 필요가……

스토크먼 안 되지, 아무에게도 해서는 안 되지. 이제는 괜찮아. 너는 내일 '오소리' 아저씨께 바로 알려 드려라.

스토크먼 부인　어머, 그게 무슨 말씀이에요?

스토크먼　그렇다면 고쳐 말하지. 그럼 우리 영감님한테 전해 드려라. 그 영감 깜짝 놀랄 테지. 아마 내 머리가 어떻게 된 게 아니냐고 하실 거요. 대부분 사람들은 모두 그렇게 생각할 거요. 그러나 언젠가는 내 말을 믿게 되겠지. (두 손을 서로 비비며 방 안을 맴돈다) 어쨌든 시내에서는 굉장한 소동이 벌어지겠지. 도저히 상상도 하지 못할 만큼 큰 소동이……. 지금 생각할 수 있는 대책으로는 도관을 모조리 다시 묻는 방법밖에는 없어.

호스타트　(자리에서 일어서면서) 도관 전부 말입니까?

스토크먼　물론이오. 현재의 저수조가 너무 깊이 묻혔소. 그러니 우선 그것을 높게 묻어야 하오.

페트라　그렇군요.

스토크먼　옳지, 페트라, 너는 기억할 거다. 당초 착공할 때 나는 반대 의견을 말했던 것을. 그러나 그때는 아무도 귀담아들으려고 하지 않았거든. 이제는 내가 큰소리칠 차례야. 나는 온천 관리 위원 앞으로 청원서를 작성해 두었소. 나는 이 청원서를 하루 동안 품 안에 넣고 다녔소. 이 회답을 기다리고 있었던 거요. (편지를 가리킨다) 이제 결과가 판명된 이상 즉시 보내지 않으면 안 돼. (방으로 들어가 서류 뭉치를 들고 돌아온다) 이것 보게. 자잘한 글씨로 넉 장이나 썼다네. 이것을 이 편지와 동봉해서 보내야 해. 신문지 한 장만 주오. 그리고 이것을 쌀 것도 함께. 됐어, 이제 됐어. 그걸. 가만있자, 그게 누구더라? 왜 그 하녀,

이름이 뭐지? 어쨌든 좋아, 이걸 그 애한테 맡겨서 곧장 시장님한테 가져가도록 해요.

스토크먼 부인, 종이에 싼 물건을 들고 식당을 지나 밖으로 나간다.

페트라 아빠, 페텔 큰아버님은 이 서류를 받으시고 뭐라고 하실까요?

스토크먼 뭐라고 하실 까닭이 없지 않니? 큰아버님은 아마 기뻐하실 거다. 왜냐하면 이런 중대한 사실이 밝혀졌으니.

호스타트 우리 《민보》에 선생님의 발견에 관한 간단한 보도는 괜찮겠죠?

스토크먼 물론이오. 도리어 바라는 바요.

호스타트 독자는 무엇이든 신속한 보도를 원하니 말입니다.

스토크먼 그렇소. 그건 사실이오.

스토크먼 부인 (돌아온다) 하녀 편에 보냈습니다.

빌 링 제기랄, 이래도 선생님이 이 고장 일인자가 되지 못한다면 그건 어딘가 잘못된 곳이 있는 거요.

스토크먼 (흡족한 듯 방 안을 오락가락한다) 아니요. 그건 그렇지 않소. 나는 자신의 의무에 충실했을 뿐이오. 우연히, 그야말로 운 좋게 보물을 캐냈다고나 할까. 하찮은 일이오. 그러나 혹시…….

빌 링 호스타트 씨, 당신 생각은 어떻소? 우리 고장으로서는 횃불 행진이라도 개최해서 선생의 공을 기려야 하지 않을까요?

호스타트 좋은 의견이오. 내가 제의해 보리라.

빌 링 그럼 나는 아스라크센 씨와 의논해 보겠소.

스토크먼 고맙소. 그러나 그런 소동은 피해 주시오. 그런 행사는 도리어 나를 괴롭히는 거요. 설령 온천 관리 위원회에서 내 급료를 인상해 준다고 해도 나는 그걸 사절할 셈이오. 여봐요, 카트리네, 나는 분명히 말하는 거요. 나는 절대로 사절한다고.

스토크먼 부인 당신 말이 옳아요. 지당한 말씀이에요.

페트라 (잔을 든다) 아빠, 아빠를 위해 건배해요.

호스타트와 빌링 스토크먼 선생 만세! 선생 만세!

홀스텔 (주인과 술잔을 서로 부딪치고) 부디 이 일의 결과가 좋게 맺어지길!

스토크먼 고맙소, 고마워. 정말 기쁘오. 누구나 자기 조국, 자기 고장을 위해 무엇인가 일해 공적을 세우는 것은 기쁜 일이 아니겠소, 카트리네?

두 팔을 부인 목에 걸고 빙글빙글 돈다. 스토크먼 부인, 소리치면서 빠져나오려고 한다. 웃음소리, 박수갈채, 아이들은 문틈으로 목을 내밀고 구경한다.

제2막

의사의 거실. 식당 문은 잠겨 있다. 오전.

스토크먼 부인　(아직 개봉하지 않은 편지를 들고 식당에서 나와 오른쪽 방문을 열고 안을 살핀다) 당신, 거기 계시군요.

스토크먼　(안에서) 나 여기 있소. 방금 막 들어 온 길이오. (나온다) 무슨 일이오?

스토크먼 부인　아주버니한테서 편지가 왔어요. (편지를 건네준다)

스토크먼　그래요, 어디 봅시다. (편지를 펴서 읽는다) 보내신 서류는 여기 동봉해서 반송하겠지만 잘 조사하기 바라오. (중얼중얼 읽는다) 흠…….

스토크먼 부인　뭐라고 하셨어요?

스토크먼　(편지를 호주머니에 쑤셔 넣고) 별것 아니오. 오늘 오후에 우리 집에 오겠다는데.

스토크먼 부인   그럼 오실 때까지 자리를 비울 수가 없겠네요.

스토크먼   염려 놓아요. 마침 아침 회진도 마치고 했으니.

스토크먼 부인   아주버님이 이 일을 어떻게 처리하실지 궁금하네요.

스토크먼   형님으로서는 이 사건을 발견한 사람이 자신이 아니라 나라는 점에는 꽤 불쾌하실 거요.

스토크먼 부인   당신도 그 점에 대해 염려하시는군요.

스토크먼   일의 성질상 이 지역 위원회의 사람이라면 형님이 아니라도 불쾌할 일이오. 더욱이 형님은 묘한 고집이 있어서 자기 외의 누구도 고장의 이익이 되는 일을 하는 걸 좋아하시지 않거든.

스토크먼 부인   당신은 누구보다 그 점을 잘 알고 있으니 아주버니에게도 그 명예를 나누어 드리도록 하세요. 괜히 일을 그르치지 않게 조심하시고요.

스토크먼   알겠소, 알 만하오. 하여간 일이 순조롭게 되었으면 좋겠는데…….

몰텐 킬   (전면 복도 쪽의 문을 열고 문틈으로 목만 내밀곤 안을 살피듯 둘러보고, 혼자 빙그레 웃고는 주저주저하면서 묻는다) 그러니까, 그게 사실이니?

스토크먼 부인   (맞아들이면서) 어머, 아버님……. 아버님이셨군요.

스토크먼   어서 오십시오. 안녕하셨어요?

스토크먼 부인   어서 들어오세요.

몰텐 킬   그 말이 사실이라면 들어가겠지만, 그렇지 않다면 바로 돌아가야 해.

스토크먼　무슨 말씀이시죠?

몰텐 킬　도관 공사에 대한 괴상망측한 소문이 있거든. 그게 정말
　　　　인가?

스토크먼　그렇습니다. 그건 정말입니다. 어디서 그런 말을 들으셨
　　　　어요?

몰텐 킬　(들어온다) 페트라한테서 들었지. 학교 가는 길에 들렀더
　　　　구나.

스토크먼　아, 그랬군요.

몰텐 킬　그 애가 말하더라만, 어쩐지 농담을 하는 것 같기에 말이
　　　　다. 그런데 페트라의 얼굴은 전혀 그런 것 같지 않고 해서 말
　　　　이지.

스토크먼　그러실 겁니다. 그런데 왜 사실이 아닐 거라고 생각하셨
　　　　지요?

몰텐 킬　사람이란 신용할 것이 못 돼. 잘못 끌려 들어갔다가는 큰코
　　　　다치거든. 그럼 그 애 말이 정말인가?

스토크먼　정말입니다. 그나저나 이리 앉으십시오. (소파에 반 강제로
　　　　앉힌다) 그렇지만 시민의 행복을 위해서는 정말 다행한 일이죠.

몰텐 킬　(터지려는 웃음을 참으며) 시민의 행복이라고?

스토크먼　제가 이 사실을 모두에게 알림으로써……

몰텐 킬　(조금 전과 똑같이 터져 나오려는 웃음을 참는 듯한 표정으로) 그럼
　　　　그렇지, 그렇고말고. 나는 우리 시민들을 함정에 몰아넣는 일

을 자네가 할 줄은 꿈에도 생각하지 못했거든.

스토크먼 함정이라뇨?

스토크먼 부인 아버님……

몰텐 킬 (소파 손잡이에 팔꿈치를 얹고 양손을 모아 그 위에 턱을 괴고는 교활하게 보이는 눈으로 스토크먼을 바라보면서) 자네가 그 뭐야, 옳지, 파이프 안에 무슨 동물이 잔뜩 들어갔다고 했지?

스토크먼 예, 작은 기생 동물이지요.

몰텐 킬 페트라 역시 그런 기생 동물이 잔뜩 들어갔다고 말하더군. 그 수도 어마어마하게.

스토크먼 맞습니다. 실제로 몇 천만이라는 엄청난 숫자입니다.

몰텐 킬 그렇지만 사람의 눈으로는 볼 수 없지 않느냐? 어때?

스토크먼 그래요. 보이지는 않습니다.

몰텐 킬 (낮게 킥킥거리면서) 이건 정말, 제기랄, 그게 자네 걸작품이 아니고 뭔가?

스토크먼 무슨 말씀이십니까?

몰텐 킬 그렇다면 그런 말은 시장한테까지 들고 나갈 것도 못 돼.

스토크먼 그럴까요? 어쨌든 한번 시험 삼아 해보겠습니다.

몰텐 킬 자네는 시장이 그런 일에나 얽매일 정신 나간 사람으로 생각하나?

스토크먼 시장뿐 아니라 제발 모든 시민들이 이런 일에 매달리는 미치광이와 한패가 되어 주었으면 좋겠습니다.

몰텐 킬 모든 시민들이라고? 그건 아주 어려운 주문일세. 하지만 상관없어. 그 친구들에게는 좋은 약이 될 걸세. 그들은 우리처럼 나이 많은 사람들과는 달라. 서로 잘난 척하고 싶은 무리들만 모였거든. 나를 개 쫓듯이 시의회에서 내몰았단 말이야. 그래, 개처럼 쫓겨냈지. 그러나 이번에는 그 친구들 차례야. 어쨌든 좋네. 그 녀석들과 실컷 싸우게나.

스토크먼   하지만 아버님…….

몰텐 킬   아니야, 실컷 싸워 보란 말이야. (일어선다) 네 힘으로 시장이든 뭐든 그 무리들을 굴복시키고 그 녀석들이 꼬리를 치지 못하게 된다면 나는 즉각 백 클로네를 빈민들에게 기꺼이 내놓겠네.

스토크먼   그건 참 좋은 생각이십니다.

몰텐 킬   물론 나는 부자는 아니지만 자네가 그렇게 해 주면 크리스마스 밤에 그 정도쯤은 빈민들에게 기꺼이 내놓고말고.

호스타트, 앞 복도 쪽에서 들어온다.

호스타트   안녕하십니까? (멈춘다) 아니, 이거 실례했습니다.

스토크먼   괜찮소. 어서 들어오시오.

몰텐 킬   (또다시 입 속으로 무엇인가 중얼거리면서) 이분도 자네와 한편인가?

호스타트   무슨 말씀을 하시는 건지?

스토크먼   물론입니다. 이분도 이 일에 관여하고 있습니다.

몰텐 킬　내 생각이 옳았군. 당신은 신문사를 하고 있으니 그럴 거라고 생각했소. 둘이 의논해서 잘해 보도록 하게나. 나는 가겠네.

스토크먼　좀 더 계시다가 가십시오.

몰텐 킬　아니야, 그만 가겠네. 잘 생각해서 좋은 방도를 꾸며 보게. 헛수고가 되지 않도록 말이지.

밖으로 나간다. 스토크먼 부인이 배웅한다.

스토크먼　(웃는다) 호스타트, 당신은 저분을 어떻게 보았소? 저분은 도수관 공사에 대해서는 단 한 마디도 믿으려고 하지 않더군.

호스타트　그럼 방금 그분 말씀은 바로 그것인가요?

스토크먼　그렇소. 그것을 이야기하고 있었소. 그나저나 편집장께서도 그것 때문에 오셨죠?

호스타트　물론이죠. 잠시 시간을 내주실 수 있겠죠?

스토크먼　물론이요, 얼마든지.

호스타트　시장께서 별다른 말씀이 없으시던가요?

스토크먼　아직, 아무것도. 하지만 곧 무슨 말씀이 있겠죠.

호스타트　저도 어제 이 문제에 대해 여러 가지로 연구해 보았습니다.

스토크먼　그래서 결과는?

호스타트　의사 겸 과학자로서의 선생님은 이 배관 공사 문제를 단순한 토목 공사쯤으로 생각하시는 게 당연합니다. 그러나 저는 이 일과 기타 여기에 수반되어 일어나는 갖가지 일들과의 복잡한 관계를 이해하시지 못할 것으로 생각합니다.

스토크먼   하긴. 여하튼 우선 좀 앉으시오. 아니, 저쪽 소파가 좋겠군.

호스타트, 소파에 걸터앉는다. 의사, 탁자 건너편 안락의자에 자리 잡는다.

스토크먼   그럼 당신 생각으로는?

호스타트   선생님 말씀으로는 유독 성분이 섞인 물은 땅 밑의 불결한 쓰레기에서 나온다고 하셨죠?

스토크먼   그렇소. 그 물레방아 골짜기의 불결한 진흙 수렁에서 솟아나는 거죠. 이건 의심할 여지가 없는 사실이오.

호스타트   실례지만 선생님, 제 소견으로는 시민의 생활을 위협하는 건 그 땅 밑에 묻힌 오물들이 아니라 좀 더 처리하기 곤란한 쓰레기들 때문인 것 같습니다.

스토크먼   처리하기 곤란한 쓰레기?

호스타트   바로 그 쓰레기들이 우리 고장을 좌지우지하고 있기 때문에 우리 고장의 자치 생활이 위협을 받고 있는 겁니다.

스토크먼   아니, 호스타트 씨, 이야기를 너무 비약하는 것 같구려. 이건 단순히 환경적인…….

호스타트   아닙니다. 결코 비약이 아닙니다. 언제부터인가 시 행정 전체가 일부 관료의 손에 넘어가려고 하는 판국입니다.

45

스토크먼 하지만 그들 전부가 그런 건 아니지 않소?

호스타트 하지만 어쨌든 그들은 그 관료의 친구가 아니면 권속들입니다. 부자, 명문가, 그런 것들이 한 덩어리가 되어 우리 시민의 안녕과 행복을 양손에 움켜쥐고 있는 겁니다.

스토크먼 그야 그렇소. 하지만 그들은 실제로 재능도 있고 지식이 풍부하니 그럴 수밖에.

호스타트 그럼 그들이 시공한 배관 공사의 솜씨는 그들의 재능과 지식을 십분 보인 것일까요?

스토크먼 그건 틀림없이 그분들의 큰 실수였소. 하지만 다시 고치면 될 문제라고 생각하는데.

호스타트 선생님은 그 공사가 원활하게 진행되리라고 생각하십니까?

스토크먼 원활하게 되든 되지 않든 최선을 기울여야겠지요.

호스타트 그러려면 신문이 압박해야겠지요.

스토크먼 그건 필요 없소. 그렇게까지 하지 않아도 나는 충분히…….

호스타트 실례지만 선생님, 분명히 말씀드리겠습니다만, 저는 이 사건을 지상을 통해 고발하고 싶습니다.

스토크먼 신문에?

호스타트 그렇습니다. 제가《민보》사를 인수할 때부터 저는 기회가 있을 때마다 돈과 권력을 남용해서 시민을 괴롭히는 특권 계급의 견고한 성벽을 무너뜨리고 싶었던 겁니다.

스토크먼 당신 말은 알겠소. 그러나 당신 같은 생각으로 그들과 맞섰

다가 도리어 그들한테 눌려 파멸 직전에 이른 일을 잊으셨소?

호스타트   그랬죠. 사실 그때는 빼든 칼을 휘둘러보지도 못하고 칼 집에 꽂을 수밖에 없었습니다. 그건 불가항력이었습니다. 왜 냐하면 그 무리를 쓰러뜨리면 온천장 건설을 중단해야만 했으 니까요. 그러나 이제는 형세가 다릅니다. 온천장은 이미 완성 되었습니다. 이 마당에 쓸모없는 인간들을 상전처럼 모시고 있을 필요는 없지 않습니까?

스토크먼   그렇군, 쓸모없는 사람들이지. 하지만 지금껏 해온 그들 의 공로에는 감사해야 하지 않겠소?

호스타트   물론 그에 상당한 경의를 표하는 게 마땅합니다. 민주주 의를 표방하는 신문 기자로서는 이와 같은 기회를 놓칠 수 없 습니다. 사람의 머리 위에 앉은 자를 신성시하는 관습을 타파 해야 합니다. 또 이 망상은 다른 모든 미신과 함께 반드시 없애 야 합니다.

스토크먼   그 점에 대해서는 나도 동감이오. 그것이 미신이라면 반 드시 타파해야 하겠지.

호스타트   시장이 선생님의 형님이라서 조금 마음에 걸리기는 하지 만, 그래도 진리 앞에서는 일체의 사심을 깨끗이 버려야 한다 는 제 의견에 동조해 주실 줄 믿습니다.

스토크먼   그건 당연한 일이오. (흥분을 감추지 못하고) 그렇소. 그러나, 그렇지만……

호스타트   오해하지 마십시오. 저는 보통 인간 이상의 이기주의자는 아닙니다. 그리고 특별한 양심이 있는 것도 아닙니다.

스토크먼 그렇지만 호스타트 씨, 도대체 누구한테서 그런 걸 배웠소?

호스타트 잘 아시겠지만 저는 빈민 출신입니다. 따라서 하층 계급의 인간들이 무엇을 가장 갈망하는가를 알 기회가 많았습니다. 그들의 욕구는 다른 게 아닙니다. 그것은 하층 계급 자신들이 자치적으로 행정 사무를 맡아 자신들의 삶을 변화시키는 시의 일에 적극적으로 참여하려는 겁니다. 선생님, 그렇게 되면 당연히 능력도, 지식도 그리고 자각도 발달할 게 아닙니까?

스토크먼 충분히 이해가 갑니다.

호스타트 결국 신문 기자에게는 당연히 학대받는 다수 빈민들의 해방을 위해 적어도 그들에게 알 권리를 주어야 한다는 중책이 따릅니다. 그렇기 때문에 때로는 관료들의 곱지 않은 시선을 받으며 선동가로 몰리기도 하지만, 그건 그쪽 의향에 맡길 수밖에는 도리가 없습니다. 다만 저는 훗날 부끄러울 것이 없다면 그것으로 만족할 뿐입니다.

스토크먼 지당한 말이오. 그러나, 뭐라고 해야 할까……. (노크 소리) 들어와요.

아스라크센, 전면 문에 나타난다. 검소하지만 빈틈없는 복장, 검정 양복에 쭈글쭈글한 넥타이. 장갑과 모자를 손에 들었다. 아스라크센, 고개를 숙여 인사한다.

스토크먼 (일어선다) 이게 누구요. 아스라크센 씨 아니오?

아스라크센 안녕하셨습니까, 선생님?

호스타트 (역시 일어선다) 아스라크센, 혹시 나를 만나러 온 건가?

아스라크센 아니, 그렇지 않다네. 자네가 여기 있는 줄은 생각조차 하지 못했지. 다만 선생님께 드릴 말씀이 있어서…….

스토크먼 무슨 일이오?

아스라크센 저, 선생님, 빌링에게서 들었습니다만, 도수관 공사를 다시 해야 한다고 말씀하신 게 정말입니까?

스토크먼 그렇소. 온천 때문이오.

아스라크센 그것도 들었습니다. 그게 사실이라면 제가 힘닿는 데까지 후원해 드리고 싶어서 찾아왔습니다.

호스타트 (스토크먼에게) 보세요, 어떻습니까!

스토크먼 정말 고맙소. 그러나…….

아스라크센 아니, 사양하지 마십시오. 아마 우리 평민 계급의 무리들이 후원하면 반드시 그만한 효과는 있을 것으로 믿습니다. 우리는 이 고장에서 말하자면 견실한 다수 세력을 형성하고 있습니다. 선생님, 다수를 자기편에 두고 계시는 건 결코 손해 보는 일이 아닙니다.

스토크먼 물론 옳은 말이오. 그러나 내 경우 특별히 그런 준비까지 해야 할 필요가 있을 것 같지는 않구려. 아시는 바와 같이 극히 간단명료한 일이니 말이오.

아스라크센 어쨌든 저희와 손을 잡으시면 결코 손해는 보시지 않을

민중의 적

겁니다. 이 지방 관헌들의 소행을 저는 잘 압니다. 권력자는 결코 타인의 제안을 쉽게 받아들이지 않는 존재들이죠. 그래서 소규모라고 해도 시위운동을 전개할 필요가 있습니다.

호스타트   전적으로 동감이네.

스토크먼   시위운동이라고 했소? 그럼 어떤 식으로 전개할 생각이오?

아스라크센   선생님, 물론 행동 목표는 절제에 두지 않으면 안 됩니다. 절제는 제 좌우명입니다. 사실상 공공의 첫째 의무는 절제, 이것이 제 지론입니다.

스토크먼   그건 전부터 들어 알고 있소.

아스라크센   그렇습니다. 이 주장은 이미 많은 분들이 알고 있습니다. 그러니 이번 도수관 공사 문제는 우리 소시민층에게는 매우 중요한 의미를 가지게 됩니다. 온천은 장차 이 고장의 경제적 원천이 될 것이 확실합니다. 우리 역시 온천 덕으로 먹고 살아가지만 특히 지주들은 더욱 큰 혜택을 입고 있습니다. 그래서 이번 계획에 전력을 기울여 후원하려는 겁니다. 저는 현재 부동산 조합의 조합장을 맡고 있습니다. 그리고 금주 협회의 임원 일도 맡고 있습니다. 물론 선생님께서는 제가 주류 제조나 판매 금지 법안의 실행을 위해 노력하는 일을 알고 계시겠죠?

스토크먼   네, 물론입니다.

아스라크센   그런 일들로 인해 저는 아주 많은 사람들과 접촉할 기회가 있습니다. 결국 저는 법을 준수하고 도덕적 생활을 실천하려고 노력하는 시민으로서 이 고장에 꽤 영향력을 가지고 있을 뿐 아니라, 그다지 즐겨 쓰는 방법은 아니지만 상황에 따라서는 권력도 움직일 수 있는 힘을 가지고 있습니다.

스토크먼　그렇겠군요.

아스라크센　예, 그러니까 꼭 필요한 경우 위임장 만들기는 식은 죽먹기입니다.

스토크먼　위임장이라면?

아스라크센　말하자면 공익사업에 대한 시민들의 의견을 선생님이 독단으로 결정하실 수 있는 권한 말입니다. 물론 작성에 있어서 최대한 유동성을 가하겠으니 이 문제로 관청이나 유력자의 비위를 거스르게 하는 일은 없을 겁니다.

호스타트　음, 과연. 그런데 그 사람들이 이 문제를 특별히 못마땅하게 생각할 경우에도 그럴 수 있을까요?

아스라크센　그 점은 염려 놓으십시오. 관청에 대한 것이라면 걱정하지 않으셔도 됩니다. 그 사람들은 우리들 시민의 의사에는 반대하지 않을 겁니다. 지금까지도 이와 비슷한 일을 여러 차례 겪어서 잘 알고 있습니다. 뭐, 이런 일로 우리가 그들의 칭찬을 받은 적은 없었지만, 시민들의 자유롭고 절제 있는 의견 발표를 정면으로 반대할 수는 없을 겁니다.

스토크먼　(손을 내젓는다) 고맙소, 아스라크센 군. 이만큼 유력한 시민의 지지를 얻은 것을 크나큰 영광으로 생각하오. 말로 표현할 수 없을 만큼 기쁘오. 매우 유쾌하오. 그런 뜻으로 한잔 어떻소? 젤리 주는 어떨지…….

아스라크센 괜찮습니다. 저는 아직 한 번도 술을 입에 댄 적이 없습니다.

스토크먼 그래요? 그럼 맥주라면…….

아스라크센 역시 사양하겠습니다. 오전 중에는 아무것도 마시지 않기로 했기 때문입니다. 그럼 이제부터 시내를 한 바퀴 돌면서 지주들의 여론을 모아 보도록 하겠습니다.

스토크먼 수고해 주시는 건 감사하지만, 왜 그런 준비를 해야 하는지 그것을 영 이해할 수 없소. 내가 하려는 일은 극히 간단명료한 일인데 말이오.

아스라크센 선생님, 관리의 머리란 원래 시민의 이익이 되는 일에는 극히 무관심하고 우둔합니다. 그래서 그걸 깨우치려는 것 아닙니까?

호스타트 아스라크센, 나는 내일부터 신문에 대서특필해서 선동하려고 하네.

아스라크센 그것도 좋겠지. 하지만 지나치게 과격하게는 하지 말게. 매사는 절제를 지키면서 진행해야 하는 걸세. 그렇지 않으면 좋은 결과를 맺지 못하니 내 의견을 참고하기를 바라네. 나는 사회라는 학교에서 산전수전 다 겪은 사람이니까 말일세. 그럼 선생님, 저는 이만 물러가겠습니다. 이제 선생님 뒤에는 우리 소시민 계급이 튼튼한 성벽처럼 버티고 있다는 것을 아셨겠죠? 수많은, 그리고 견실한 무리가 선생님 편입니다.

스토크먼 고맙소, 아스라크센. (악수를 청한다) 그럼 잘 가시오.

아스라크센 호스타트 씨, 공장으로 오시겠소?

호스타트 곧 뒤따라가겠소. 선생님과 잠시 의논할 일이 있어서.

아스라크센 그럼 나중에. (절을 하고 나간다. 스토크먼 앞 복도까지 배웅한다)

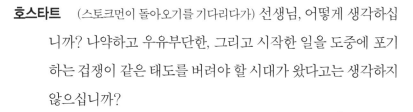
호스타트 (스토크먼이 돌아오기를 기다리다가) 선생님, 어떻게 생각하십니까? 나약하고 우유부단한, 그리고 시작한 일을 도중에 포기하는 겁쟁이 같은 태도를 버려야 할 시대가 왔다고는 생각하지 않으십니까?

스토크먼 지금 아스라크센에 관한 이야기를 하는 거요?

호스타트 물론입니다. 그는 구렁텅이에 눌어붙은 인간들과 한패입니다. 하긴 정직한 인간임에는 틀림없습니다. 그리고 이 고장 사람 태반이 저 자와 같은 부류라고 할 수 있습니다. 그런데 우왕좌왕 줄곧 동요하고 있어요. 언제나 우유부단함, 주저와 회의 때문에 한 발도 나아간 적이 없습니다.

스토크먼 그렇기는 하지만 아스라크센은 그 나름대로 훌륭한 사상을 가진 인물 같더군.

호스타트 그러나 그의 사상보다 한층 고차원적인 사상이 있지 않을까요? 그러니까 자주적인 독립 정신 같은 것 말이죠. 자주적 인간으로서 독립한다는 것 말입니다.

스토크먼 그 생각에는 전적으로 동감이오.

호스타트 그래서 저는 기회가 있을 때마다 우리 고장 사람들의 고차원적인 정신, 그 자주 정신을 불어넣는 일을 게을리 하지 않으려는 겁니다. 관권 만능주의는 지양되어야 합니다. 이번 도수관 공사에 대한 무책임한 실패 건은 적어도 투표권을 소유하는 시민 전체에 의해 철저하게 심판받아야 합니다. 선생님의 보고서를 신문에 싣겠습니다.

스토크먼   공익을 위해 일하겠다는 소신이 있다면 그렇게 하시오. 단, 내가 형님한테 말할 때까지는 기다려 주시오.

호스타트   그럼 그 사이 이 문제에 대한 사설을 쓰기로 하겠습니다. 그래도 시장이 이 문제를 방관만 하고 있다면 그때는…….

스토크먼   당신은 왜 그렇게 나쁜 결과만 생각하는 게요?

호스타트   충분히 예상할 수 있기 때문입니다.

스토크먼   좋소, 그때는 내가 글을 그대로 인쇄해 발표해도 좋소.

호스타트   정말입니까?

스토크먼   (서류를 건네준다) 이것을 가지고 계시오. 읽어서 손해 볼 건 없을 거요. 읽고 나서 돌려주시오.

호스타트   감사합니다. 좋습니다, 그렇게 하지요. 그럼 이만 돌아가 보겠습니다.

스토크먼   잘 가시오. 그러나 호스타트 씨, 사건 처리는 원만하게 진행될 거요. 아주 순조롭게…….

호스타트   (쓸쓸한 미소를 지으며) 좋습니다. 두고 보겠습니다. (인사를 하고 앞 복도를 지나 밖으로 나간다)

스토크먼   (식당 입구까지 가서 안을 들여다본다) 카트리네? 아, 페트라,

너였구나.

페트라 (방으로 들어온다) 방금 학교에서 돌아온 길이에요.

스토크먼 부인 (들어온다) 아직 오시지 않았어요?

스토크먼 형님 말이오? 아직. 그 사이 호스타트와 너무 긴 얘기를 해 버렸군. 그는 내 의견에 대찬성이야. 아무래도 이 문제는 처음 생각했던 것보다 의외로 큰 영향을 미칠 것 같구려. 그는 자기 신문의 모든 지면을 나를 위해 할애하겠다는 거요.

스토크먼 부인 그럴 필요가 있을까요?

스토크먼 그렇게까지는 되지 않을 거요. 여하튼 진보적이고 독립적인 신문이 내 편에 서 준다니 든든하기도 하고, 자랑스럽기도 하군. 그리고 조금 전에는 부동산 조합의 조합장이 찾아왔소.

스토크먼 부인 무슨 용무 때문에?

스토크먼 그 역시 나를 후원하고 싶다는 거요. 어떻소, 꽤 든든한 친구들이 내 편이지 않소?

스토크먼 부인 편이라니요? 어떤 분들이 당신 편인데요?

스토크먼 견실한 다수의 시민이오.

스토크먼 부인 그래요? 그게 당신께 유리한 건가요?

스토크먼 그렇소. 그럴 수밖에 없지 않소. (두 손을 비비며 방 안을 빙빙 돈다) 오, 고맙군. 이제 나는 시민들과 형제나 다름없는 동맹을 맺은 거요.

페트라 아빠는 유익하고 굉장한 일을 성취시키셨으니 당연해요.

스토크먼 그래, 네 말대로야. 내가 태어난 고향을 위해서이지.

(문을 두드리는 소리) 이번에는 형님이 틀림없겠지. 어서 오세요.

시 장 (앞 복도를 지나 들어온다) 잘 있었나?

스토크먼 어서 오십시오.

스토크먼 부인 어서 오세요. 별고 없으셨지요?

시 장 고맙소. 그런데 (스토크먼을 향해) 어젯밤 네가 보낸 온천 도
수관 문제에 관한 서류를 읽었다.

스토크먼 모두 읽으셨나요?

시 장 물론 끝까지 읽었다.

스토크먼 그럼 그걸 읽으시고 어떻게 생각하세요?

시 장 (외면한다) 흥.

스토크먼 부인 페트라, 이리 오너라. (부인과 페트라는 왼쪽 방으로 들어
간다)

시 장 (사이를 두고) 그 조사를 내게는 비밀로 진행해야 할 만한 특
별한 이유라도 있었나!

스토크먼 그렇습니다. 적어도 확증을 얻을 때까지는.

시 장 그럼 이제는 확증을 얻었다는 말이지?

스토크먼 그렇습니다. 그 점은 충분히 설명한 것으로 생각합니다
만⋯⋯.

시 장 그럼 너는 이 사항을 정식 공문서로 작성해서 온천 관리 위
원회에 제출하겠다는 말이지?

스토크먼 네, 그렇습니다. 그것도 시급히.

시 장 너는 그 문서에 꽤 강경하고 자극적인 언어를 쓰고 있어. 특

히 눈에 거슬리는 것은 우리가 온천을 찾는 관광객들을 독살하는 것과 다름없다고 한 점이야.

스토크먼   형님, 달리 표현할 길이 없지 않습니까? 생각해 보세요. 독이 섞인 물을 마시기도 하고, 그것으로 목욕을 하고 있지 않습니까? 가엾은 병자들은 안심하고, 우리를 믿고 건강 회복을 위해 막대한 비용을 쓰고 있는 겁니다.

시 장   그럼 네가 생각한 결론은 또 다른 배수로를 설치해서 물레방아 골짜기에서 내려오는 불결한 물을 배출하고 지금의 도수관을 전부 다시 설치하라는 말이지?

스토크먼   그렇습니다. 다른 방법이 없습니다. 저는 그쪽 일은 잘 모릅니다만…….

시 장   나는 오늘 아침에 우연히 우리 시에서 일하는 토목 기사를 만났다. 그 자리에서 농담처럼 장래의 일이지만 이런 계획을 가지고 있다며 네 계획을 보여 주었다.

스토크먼   장래의 일이라고요?

시 장   기사는 내가 내민 거창한 공사 계획을 보곤 웃더군. 너는 이 개량 공사에 얼마나 비용이 들 것 같으냐? 생각이라도 해본 게냐? 대략 계산으로도 십만 크로네(Krone)가 든다더구나.

스토크먼   그렇게 큰돈이?

시 장   그뿐이 아니야. 이 개량 공사에 최소한 이 년의 시일이 소요된다는 거다.

스토크먼   이 년? 이 년 꼬박입니까?

시 장 그것도 빨라야 이 년이야. 그렇다면 그 이 년 동안 온천장은 어떻게 해야 하지? 폐쇄하지 않을 수 없지. 물론 폐쇄하는 도리밖에는 없어. 그리고 온천의 물이 해롭다는 소문이 나돈다면 누가 오겠어? 아무도 오지 않을 테지.

스토크먼 그렇겠죠, 물론 그렇게 되겠죠.

시 장 더욱이 오늘날, 나날이 번영의 길로 내닫고 있는 오늘날에 말이다. 그리고 이 인근에는 온천지로서 우리 고장과 경쟁할 수 있는 자격을 갖춘 후보지가 많다는 것을 잊어서는 안 돼. 결국 그들은 우리 고장으로 몰려들 관광객들을 자기 고장으로 끌고 가려고 할 게 불 보듯 뻔하지? 이건 의심의 여지가 없는 사실이야. 우리는 홀로 경쟁자 뒤에 처져서 이만한 투자를 한 온천장을 폐허로 만들 수밖에는 없어. 이건 바로 네가 네 고향을 멸망의 길로 몰아넣는 것과 같은 일이야.

스토크먼 내가, 내 고향을 폐허로…….

시 장 이 고장의 장래 희망은 오직 온천장 하나에 달려 있어. 이건 너도 잘 알고 있을 거다.

스토크먼 그럼 어떻게 하실 계획이신가요?

시 장 나는 네 보고서만을 전적으로 믿을 수는 없어. 이 온천장의 공급 설비가 그토록 부실하다고는 믿을 수 없어.

스토크먼 시간이 가면 갈수록 문제는 더 복잡해집니다. 여름이 되어 더워지면 틀림없이 사고가 납니다.

시 장 어쨌든 너는 너무 과장하고 있어. 적어도 양식 있는 의사라면 좀 더 신중한 태도로 예방 방법을 연구할 수도 있지 않는가?

스토크먼 그렇군요. 그렇다면…….

시 장 이미 완성된 도수관 시설은 엄연한 사실로 받아들여야 해. 물론 그 상태 그대로 말이야. 그러나 시기가 오면 관리 위원들도 무용의 희생을 원하지 않는 만큼 개량의 필요성 유무에 대한 검토가 있겠지.

스토크먼 그럼 형님은 제가 그런 더러운 계략의 공모자가 되리라고 생각하십니까?

시 장 뭐, 더러운 계략이라고?

스토크먼 물론입니다. 그게 더러운 계략이 아니고 뭐겠습니까? 사기입니다. 기만입니다. 시민과 사회 전체에 대한 분명한 범죄입니다.

시 장 방금도 말했지만 실제로 그런 위험이 있으리라곤 믿을 수 없다.

스토크먼 왜 믿지 못합니까? 이건 사실이고 회피할 수 없는 일입니다. 제 주장은 어디까지나 명백한 사실입니다. 이건 형님도 이해하시고 계시죠. 다만 이것을 승인하려고 하시지 않는 겁니다. 온천장 건물과 도수관 공사를 현재의 위치에 시공하도록 한 것도 바로 형님입니다. 그렇지 않습니까? 이 어처구니없는 실패를 형님은 인정하시려고 하지 않는 겁니다. 어리석은 생각입니다. 제가 형님의 속셈을 꿰뚫어보지 못하리라고 생각하십니까?

시 장　설령 내가 그랬다고 치자. 물론 나는 내 명예를 걱정한다. 하지만 이 일은 시 전체를 생각해야만 해. 도덕상의 책임감 없이 공익사업을 지도할 수는 없는 게야. 그래서 여러 이유로 네가 진술서를 위원회에 제출하는 것을 막는 것이 내게는 중요한 문제다. 하여간 네 보고서는 공익이라는 입장에서 봐도 마땅히 철회하지 않으면 안 돼. 자세한 이야기는 나중에 하기로 하자. 서로가 할 수 있는 일이 무엇인가를 의논해서 말이야. 단 한 마디라도 이 불행한 사건이 시민의 귀에 들어가서는 곤란하다.

스토크먼　형님, 아무리 형님이 막으시려고 해도 불가능할 겁니다. 이제는 막을 수 없어요.

시 장　아니야. 어떤 수단을 강구해서라도 이건 막아야 해.

스토크먼　틀렸다면 틀린 줄 아셔야 합니다. 벌써 꽤 많은 사람들이 이 사실을 알고 있습니다.

시 장　나도 알아. 그런데 이걸 아는 자가 누구야? 설마 《민보》사 녀석들은 아니겠지?

스토크먼　맞습니다. 바로 그들이 알고 있습니다. 자유 독립을 표방하는 그 신문은 형님이 시장으로서의 의무를 이행하시는 것을 신중한 태도로 주시하고 있습니다.

시 장　(사이를 두고) 토머스, 너는 정말 겁도 없는 어처구니없는 녀석이구나. 그 결과가 너 자신에게 어떻게 돌아올 것인가 생각이나 해본 게냐?

60

스토크먼   결과라고요? 내게 영향이 있다는 겁니까?

시 장   그렇다. 네게도, 그리고 네 가족들까지도.

스토크먼   도대체 그게 무슨 말씀인지…….

시 장   나는 오늘까지 네게 형제로서의 정의를 다해 왔다고 생각한다.

스토크먼   그야 물론입니다. 저는 형님한테 늘 감사하고 있습니다.

시 장   감사 같은 건 바라지 않아. 따지고 보면 나로선 그렇게 하지 않으면 안 될 사정이 있어서 그렇게 한 것뿐이니. 너를 돕는 것이 나 자신을 위하는 것이기 때문이었어. 지금까지 네게 금전적인 보조를 해 준 것도 실은, 그것으로 너를 다소나마 내 손아귀에 넣고 싶어서 그랬던 것뿐이다.

스토크먼   뭐라고요? 형님 자신을 위해서였다고요?

시 장   전적으로 그랬다는 건 아니야. 어느 점에서라고 말했지 않니. 사실 공직에 있는 몸으로 자기와 같은 핏줄이 타락하는 것을 차마 보고 있을 수는 없지.

스토크먼   형님은 정말로 그렇게 생각하셨습니까?

시 장   그래, 너는 점점 타락해 가고 있었어. 너는 원래가 지기 싫어하고, 반항적인, 그런 구제 불능의 인간이었다. 그런데다 이제는 앞뒤 생각 없이 신문에 기삿거리를 팔아먹는 고약한 버릇까지 생겼으니. 너는 무엇이든 생각이 떠오르면 무조건 신문에 내거나 아니면 팸플릿을 만들어 뿌리지 않곤 배기지 못하니 말이다.

스토크먼　유익하고 새로운 생각이 떠올랐을 때 이것을 사람들에게 전하는 것이 시민의 의무가 아닙니까?

시　장　그렇지 않아. 민중이란 원래 새로운 사상 같은 건 요구하지도 않고 필요하지도 않아. 그런 것보다는 옛날부터 내려온 관례대로 원만하게 다스리는 게 최선의 방법인 게다.

스토크먼　지금 농담하시는 건 아니시죠?

시　장　진심이다. 언젠가는 서로 마주앉아 따져야겠다고 생각하면서도 나는 고의로 피해 왔어. 네 급한 성미와 맞서기가 싫어서였지. 그러나 오늘은 하고 싶은 말을 해야겠다. 너는 그 경솔한 성격과 행동으로 얼마나 너 자신이 손해 보고 있는지 모르고 있다. 기회 있을 때마다 사소한 일로 감히 관청의 권위를 깎아 내리기까지 했어. 이유 없이 비난을 퍼붓거나 욕설을 퍼부어 마치 자기 자신이 모욕이나 박해를 받은 양 떠들어 대고 있어. 도대체 너 같은 비정상적인 인간이 무엇을 어떻게 해 달라고 그러는 거냐?

스토크먼　제가 비정상이란 말이지요?

시　장　물론이다. 너는 함께 일할 수 없는 인간이야. 나는 이제껏 경험으로 그걸 잘 알아. 너는 어느 누구에게도, 그리고 어떤 일에도 깊이 생각하고 전후를 가려 보려는 배려가 전혀 없는 인간이야. 너는 네가 온천장 의사 자리를 차지한 것이 누구 덕이었는지조차 잊고 있어.

스토크먼　형님, 그 지위는 제가 노력해서 얻은 결과입니다. 그것만은 단언할 수 있습니다. 저는 어느 누구의 도움도 받지 않았습니다. 이 고장이 온천장의 적지이고 발전의 여지가 있다는 것을 최초로 발견한 것도 저입니다. 그 당시 저 혼자 외에는 아무도 이것을 인정하지 않았습니다. 몇 년 동안 저는 외롭게 싸웠습니다. 그래서 쓰고 또 써서 알리려고 했던 겁니다.

시 장 그야 당연한 일이야. 왜냐하면 시기가 일렀거든. 그리고 그 당시의 그 시골구석에서는 네 말을 알아들을 수 없는 게 당연했다. 그러나 나는 시기가 왔다고 판단하자, 물론 다른 사람까지 합세해서 즉각 개발에 착수한 거야.

스토크먼 결과적으로는 이렇게 제 계획을 실패로 돌아가게 만들었지요. 이제 알았습니다. 형님이나 그 무리들이 얼마나 교활한 원숭이인지 말입니다.

시 장 보아하니 예의 네 호전적인 버릇을 써먹을 작정이군. 윗사람에게 무조건 반항하고 싶어 어쩔 줄 모르는 너, 이게 옛날부터의 네 버릇이야. 누구든 머리를 누르는 자에게 반발한단 말이야. 너는 네 자신보다 지위가 높거나 신분이 좋은 사람을 곁눈으로 흘겨보는 버릇이 있어. 마치 원수처럼 생각하거든. 너는 공격 대상을 선택하지 않아. 때문에 이 고장이 타격을 받아야 했으며 그 영향이 내 신상에까지 미치게 했어. 이제는 나도 참을 수 없어. 그 대가로 내가 네게 들려줄 말이 있어.

스토크먼 어떤 말입니까?

시 장 네가 생각 없이 이 말을 지껄인 이상 이제는 취소할 수도 없는 거야. 갖가지 풍문이 꼬리에 꼬리를 물고 나돌겠지. 그리고 악의를 가진 인간들이 있는 말 없는 말을 보태 더욱 고약한 소문을 만들겠지. 그러니 네가 네 입으로 이 소문을 공식적으로 부인해 주어야겠다.

스토크먼 뭐라고 하시는지 알아들을 수 없습니다.

시 장 이렇게 말해 달란 말이야. 나중에 추가 조사를 해 본 결과 문제들이 처음 생각만큼 중대하거나 긴급한 것이 아니었다고 말해 달라는 말이다.

스토크먼 결국 그런 주문이었군요.

시 장 아니, 또 한 가지 더 있다. 온천 관리 위원회로서는 신중을 기하기 위해 장차 불합리하거나 미비한 요소가 발견되는 즉시 개선을 위해 최선을 다할 방침이라고 대변해 주어야겠어.

스토크먼 그런 미봉책으로 적당히 꾸려나갈 생각이라면 그 결과는 보지 않아도 뻔합니다. 아시겠습니까? 제 양심이 그것을 거부하고 있습니다. 이건 확고한 제 신조입니다.

시 장 공직자인 이상 너는 자기 소신 운운할 권리가 없어.

스토크먼 (놀랍다는 표정으로) 권리가 없다니요?

시 장 공직자로서는 그럴 권리가 없단 말이다. 물론 사사로운 개인 입장에서는 별문제지만, 그러나 이 온천장에 근무하는 일개 관리로서 상관의 명령을 거역하면서 자기 소신 운운할 권리는 없다.

스토크먼 그건 억지예요. 의학도로서, 학문을 연구하는 인간에게 사실을 증명할 권리가 없다니…….

시　장　이 문제는 네가 생각하듯이 학문상의 문제로 끝나는 게 아니야. 복잡한 이해관계가 얽힌 사건이라고 볼 수 있지. 게다가 기술상의 문제와 경제적인 문제까지 겹친, 아주 처치 곤란한 사건인 거야.

스토크먼　나는 그런 복잡한 관계에 구애받을 인간이 아닙니다. 나는 이 세상의 사소한 문제에 대해 제 소신을 말할 수 있는 시민의 권리와 자유가 있습니다.

시　장　그렇지만 이 온천 문제만은 예외로 해야 해. 그 문제에 개입하는 것을 내가 막겠다.

스토크먼　(소리친다) 막아요, 형님이? 그런 억지가…….

시　장　흥, 내가 막을 수 없다고 생각하느냐? 네 상관으로서 명령하는 거야. 내가 명령을 내린 이상 너는 복종해야 할 의무가 있다. 복종하도록 해.

스토크먼　(울분을 억제하면서) 형님, 당신이 내 형이 아니라면…….

페트라　(문을 연다) 아빠, 굴복해서는 안 돼요.

스토크먼 부인　(뒤따라 들어와서) 페트라, 안 돼. 페트라.

시　장　그럼 모두 듣고 말았나?

스토크먼 부인　벽이 얇아, 엿들으려 하지 않아도…….

페트라　아니에요. 전부 엿들었어요.

시　장　괜찮아. 들었다고 해도 별문제는 없어.

스토크먼　(시장 곁으로 다가서서) 형님, 형님은 제게 복종을 강요하셨지요? 그리고 제게 명령하겠다고 말씀하셨지요?

시 장 그건 네가 나로 하여금 그런 말을 쓰도록 만든 거야.

스토크먼 그리고 형님은 시장으로서 공식 석상에서 허위 증언을 하실 셈이었지요?

시 장 어쨌든 내가 말한 대로의 진술서를 발표해야 한다고 생각하고 있어.

스토크먼 제가 복종을 거부한다면?

시 장 그때는 도리 없이 우리 손으로 적절하게 진술서를 만들어 시민들을 안심시킬 수밖에.

스토크먼 그렇군요. 그렇게 하십시오. 저는 반박 성명을 내겠습니다. 어디까지나 제 소신을 밝히고 제가 옳고 형님이 잘못이라는 증거를 밝히겠습니다. 그렇게 하면 형님은 어떻게 하시겠습니까?

시 장 본의는 아니지만 너를 파면시킬 수밖에 없지.

스토크먼 파면이라고요?

페트라 아빠, 파면이에요.

시 장 온천장 소속 의무관의 직책에서 물러나 달라는 말이지. 나는 언제든 네 반박 성명이 발표되는 즉시 네 면직 사령을 너한테 보내지 않을 수 없지. 그 후에 너는 온천장과 관련된 모든 일들로부터 제외될 게다.

스토크먼 정말 그렇게 하실 생각이십니까?

시 장 최후의 승부는 네가 강요한 거야. 말하자면 네가 도전한 거야.

페트라   큰아버지, 아빠에게 그런 비열한 방법을 쓰시다니 그럴 수
         있어요?

스토크먼 부인   페트라, 너는 잠자코 있어.

시 장   (페트라를 바라보며) 허, 여기 또 하나 의견이 출현했군. 그래,
         그래, 네 말이 옳아. (스토크먼 부인을 향해) 제수씨, 그나마 제수
         씨가 이 집안에서는 말귀를 제일 잘 알아듣는 사람이오. 동생
         에게 제수씨의 영향력을 최대로 행사해 보십시오. 이 사건으
         로 인해 우리 양가에 어떤 영향이 있을 것인가를 알아듣도록
         말이죠.

민중의 적

스토크먼   우리 집안일은 제게 맡겨 주십시오.

시 장   아니야, 이 문제는 단순히 우리 집안 문제로 끝날 성질이 아
         니야. 이 고장의 모든 주민들에게도 큰 영향을 끼치는 문제다.

스토크먼   저는 이 도시를 사랑합니다. 그렇기 때문에 저는 당연히
         밝혀야 할 그 무서운 악행을 모두 털어놓고 싶은 겁니다. 내가
         태어난 이곳을 내가 얼마나 사랑하고 있는지 형님이 아실 날이
         올 겁니다.

시 장   너는 그 어리석은 고집으로 우리 고장의 번영을 가져올 유
         일한 돈줄을 잘라 버리려고 하는 거야.

스토크먼   그 돈줄은 썩었습니다. 형님은 잘못 생각하고 계십니다.
         우리는 세균과 부패물을 팔아먹고 있는 겁니다. 우리 사회생
         활 전부가 사기와 죄 속에 뿌리박아 번창하고 있는 겁니다.

시 장   쓸데없는 망상은 집어치워. 아니 그런 황당무계한 소문을

퍼뜨려, 뻔히 알면서 자기 고장에 손해를 주는 자는 사회의 적이라고 할 수밖에 없어.

스토크먼　(분을 참지 못해 달려들며) 뭐라고요?

스토크먼 부인　(둘 사이로 뛰어들어) 여보!

페트라　(부친 손을 꽉 누르면서) 아빠, 침착하셔야 해요.

시 장　나는 폭력은 싫어한다. 잘 생각해 봐. 앞으로 너 자신은 물론 네 가정에 어떤 일이 닥칠 것인가를 명심해라. 그럼 나는 간다. (나간다)

스토크먼　(방 안을 맴돈다) 이런 대우를 받고 그저 가만히 있어야 하는가? 더욱이 자기 집 안에서. 여보, 카트리네, 당신은 어떻게 생각하오?

스토크먼 부인　정말 분하고 수치스러운 일이에요.

페트라　나는 그 영감쟁이 목을 꽉 죄어 주고 싶어요.

스토크먼　이건 내 실수야. 진작 뒤집었어야 하는데 적당히 웃고 있노라니 끝내는 사회의 적이라고 몰아세우다니. 두고 봐, 나는 참을 수 없어. 이제는 참을 수 없어. 정말 참을 수 없어!

스토크먼 부인　하지만 신중해야 해요. 상대에게는 권력이 있어요.

스토크먼　알겠소. 그러나 내게는 정의가 있소.

스토크먼 부인　물론 정의도 좋아요. 그러나 권력 없이는 정의도 어쩔 수 없는 거예요.

페트라　어머, 엄마. 무슨 말씀을 그렇게 하세요?

스토크먼　뭐요? 이 자유로운 세상에서 정의가 권력 앞에 굴복하다

니 그게 무슨 말이오? 그런 어리석은 생각일랑 버려요. 나는
정의뿐 아니라, 자유 독립을 표방하는 전위적 신문을 앞장세우
고 건실한 다수의 민중을 주위에 두지 않았소. 이만하면 힘은
충분하오.

스토크먼 부인　당신은 잊고 계시는 게 있어요.

스토크먼　무엇을 잊었다는 거요?

스토크먼 부인　당신의 친형을 적으로 삼고 있다는 사실을 말이에요.

스토크먼　하지만 그쪽이 정의와 진리를 거부하니 이 길밖에는 방도
가 없지 않소?

페트라　그래요, 저도 그렇게 생각해요.

스토크먼 부인　아무리 그렇다고는 하지만 이 사회에서는 그게 통하
지 않아요. 그들이 거부하면 그것으로 끝나는 거예요.

스토크먼　한심하군. 어쨌든 두고 봐요. 반드시 통하게 만들 테니까.

스토크먼 부인　마지막에는 결국 당신만 파면당할 뿐이에요. 그것으
로 끝장나는 거예요.

스토크먼　어쨌든 더 이상 생각할 것 없소. 나는, 사회의 정의라고 불
린 내가 시민을 위해, 사회를 위해 자신의 의무를 다할 뿐이오.

스토크먼 부인　그럼 가족에 대한 의무는 어떻게 하고요? 우리 가정
의 일원들에 대한 의무는 잊으셨나요? 당신의 그 싸움 안에 당
신 하나만을 의지해 살아가는 우리 가족에 대한 의무도 포함되
어 있나요?

페트라　엄마는 가족 생각만 하시는군요.

69

스토크먼 부인　너는 쉽게 얘기하지만 그런 게 아니란다. 막다른 골목에 들어박힌다고 해도 너만은 그럭저럭 자립할 수 있겠지만 저 어린애들 생각도 해야지. 그리고 당신 자신과 집 식구들 모두의 처지를 말이에요.

스토크먼　카트리네, 당신 왜 그러오? 내가 만일 형과 그 한통속인 악당들에게 순순히 항복한다면 내 남은 삶은 슬픔으로 얼룩질 거요.

스토크먼 부인　그런 문제는 저는 몰라요. 하지만 당신이 그분들을 상대로 싸움을 시작한 이상 모처럼 찾아온 행복이 멀리 달아날 것은 뻔한 일이에요. 그렇게 되면 당신은 무엇을 해서 살림을 꾸려나가시겠어요? 일정한 수입도 없는 신세로 전락하고…… 당신 지금까지 숱하게 고생을 겪으셨지 않았나요? 그걸 잊지 마셔야 해요.

스토크먼　(자신의 내면과 싸우는 듯 몹시 격렬하게 팔을 흔들다가 세게 비틀면서) 그것이 관복을 입은 괴물들이 자유와 정의를 수호하려는 인간에게 행하는 형벌이란 말인가! 분통이 터지는군, 카트리네.

스토크먼 부인　물론 그들이 당신에게 취하는 수단이 비열하다는 건 알아요. 하지만 이 사회에는 부정이란 것을 알면서 복종하지 않으면 안 될 것들이 허다해요. 여보, 애들이 돌아왔군요. 저 애들을 보세요. 저 애들 신세가 어떻게 될까요? 생각만 해도…… 안 돼요. 오, 도저히 그렇게 할 수는 없어요.

에일프와 몰텐, 교과서를 겨드랑이에 끼고 들어온다.

스토크먼 애들이라……. (문득 확신이 선 것처럼) 안 돼! 나는 전 세계
가 무너지는 한이 있다고 해도 그 녀석들의 멍에를 지고 기어
다닐 수는 없어. (서재로 향한다)

스토크먼 부인 (뒤따라간다) 여보, 어떻게 하실 셈이에요?

스토크먼 (문 앞에 서서) 나는 내 자식들이 성인이 되어 자유인이 되
었을 때 애들을 위해서라도 정의를 땅속에 묻을 수는 없소. (방
으로 들어간다)

스토크먼 부인 (참았던 눈물이 왈칵 쏟아진다) 그럼 저는 어떻게 해야
하죠!

페트라 그래요, 아빠. 결코 져서는 안 돼요.

두 아들은 영문을 몰라 의아한 표정. 페트라, 손짓으로 입을 열지 말라
고 신호를 보낸다.

민중의 적

제 3 막

《민보》사 편집국. 배경 왼쪽에 출입구. 같은 벽 오른쪽에 제 이의 출입문. 유리가 끼어 있다. 유리창을 통해 인쇄 공장이 보인다. 오른쪽 벽에도 문, 방 복판에 커다란 탁자, 그 위에는 서류, 신문, 책 등이 어지럽게 널려 있다. 왼쪽 앞면 가까운 곳에 창문 하나. 그 앞에 편집용 책상과 높은 의자 하나. 탁자 앞에는 안락의자가 둘, 벽을 따라 두서너 개의 의자. 방 안은 어두컴컴하고 음침한 분위기, 모든 도구는 낡았으며 안락의자 역시 이름뿐 거의 부서진 상태이다. 인쇄 공장에서는 두서너 명의 식자공들의 작업 모습이 보이고 더 안쪽에서는 수동식 인쇄기가 돌아가고 있다. 호스타트, 사무용 책상에 앉아 글을 쓰고 있다. 그곳에 빌링이 오른쪽에서 스토크먼의 원고를 들고 들어온다.

빌 링 제 소견으로는…….

호스타트 (여전히 펜을 놀리며) 대강 읽어 보았나?

빌 링 (원고를 탁자 위에 놓는다) 물론 읽었습니다.

호스타트 어떻던가, 그 선생? 대담하게 썼지? 어때?

빌 링 대담한 정도가 아닙니다. 읽으면서, 마구 두들겨 맞은 것 같습니다. 한 마디 한 마디가 모두 정수리를 도끼로 내리찍는 듯한 느낌이었습니다.

호스타트 그래도 그 무리는 첫날 한 번의 공격으로 손을 들 위인들이 아니야.

빌 링 지당한 말씀입니다. 그러니 우리도 끈기 있게 그 권력을 쥔 무리들이 무너질 때까지 후려쳐야 합니다. 저는 이 논문을 읽으면서 지금이라도 혁명군이 함성을 올리며 물밀 듯 몰려오는 것 같았습니다.

호스타트 (옆으로 고개를 돌려) 쉿, 조용히. 아스크라센에게는 비밀로 해야 해.

빌 링 (소리를 죽여) 아스라크센은 혈기라곤 전혀 없는 인간입니다. 겁쟁이지요. 사내다운 구석을 찾아볼 수 없는 인간입니다. 이번에는 틀림없이 편집장님 생각대로 하시는 거겠죠? 의사 선생의 논문은 당연히 인쇄기에 올라가겠죠?

호스타트 암. 다만 시장이 양보하지 않는 경우에는…….

빌 링 어쨌든 힘든 일이군요.

호스타트 어쨌든 우리는 다행히 국면을 전환시키는 방법이 서 있으니 염려할 건 없네. 시장이 의사 선생의 제의를 거부하면 그는 소시민 계급 전체를 적으로 상대하는 걸세. 그렇다고 시장이 그 제의에 동의하면 그는 싫어도 온천 주주 전체의 비난을 사게 되는 거지. 자기의 유일한 지지자들의 기분을 건드리는 결과가 되는 거야.

빌 링 그렇고말고요. 그가 동의하면 주주 녀석들은 호주머니를 꽤 털어야 하니 말입니다.

호스타트 그렇지. 그것만은 바꿀 수 없는 사실이야. 아마 그 뒤가 볼 만하겠지. 그 일로 그들의 단결이 무너졌을 때 우리는 매일 시민을 향해 시장의 무능을 폭로하고, 시정의 책임 있는 모든 자리는 자유사상가들에게 위임해야 한다고 선동하는 거야.

빌 링 암요. 그래도 혁명이 일어나지 않는다면 해괴한 일이겠죠. 알았습니다. 이제 분명히 알았습니다. 혁명의 시기는 우리의 눈앞에 다가왔습니다.

노크소리.

호스타트 잠깐, (소리친다) 들어와요.

의사 스토크먼, 배경 왼쪽 문으로 들어온다.

호스타트 (일어나서 맞이한다) 오, 선생님이시군요.

스토크먼 인쇄기에 돌렸소?

호스타트 예, 금방이라도 돌릴 준비가 되었습니다.

74

빌 링   (들뜨며) 그래 좋아, 이제 됐어!

스토크먼   인쇄해 주시오. 이제는 뭔가 일어나겠죠. 하는 데까지 해 볼 뿐이오. 선전 포고는 이미 했소, 빌링.

빌 링   드디어 전투 개시입니까? 결사적 싸움의 시작입니까, 선생님?

스토크먼   이 논문은 선전 포고에 불과하오. 이 밖에 네댓 가지의 복안이 더 준비되어 있소. 그런데 아스라크센은 어디에 있소?

빌 링   (공장을 향해 소리친다) 아스라크센, 잠깐 와 주시오.

호스타트   네댓 가지라고 하셨는데 모두 같은 주제입니까?

스토크먼   아니오, 그렇지 않소. 전혀 다른 것을 쓰려고 하오. 결론은 도수관 공사와 배수로 문제에 귀착하겠죠. 즉 하나의 주제로부터 다음 주제가 나오는 거죠. 말하자면 낡은 집을 무너뜨리는 과정, 바로 그 과정을 밟는 거요.

빌 링   지당한 말씀입니다. 저도 동감입니다. 엉터리 공사를 짓이겨 버리기 전에 중단할 수 없지요.

아스라크센   (공장에서 나온다) 짓이겨 버리다니? 그게 무슨 소리요? 선생님은 설마 온천장을 때려 부술 생각은 아니겠죠?

호스타트   결코 그런 생각은 없어요. 안심해요.

스토크먼   전혀 다른 내용을 논하는 거요. 그런데 호스타트 씨, 내 논문에 대한 의견은?

호스타트   걸작이란 말밖에는 할 수가 없습니다.

스토크먼   그래요? 그렇게 봐 주었다니 고맙소. 정말 고맙소.

호스타트　논리 정연하고 요점이 명확합니다. 그만큼 쓰셨으니 구태여 전문가의 손을 빌릴 것도 없이 사건의 진상은 명백하게 드러났습니다. 적어도 지식층의 모든 인간은 당신 편에 설 겁니다.

아스라크센　그리고 아마 분별 있는 시민은 모두 그럴 겁니다.

빌 링　분별이 있고 없고의 문제가 아닙니다. 시민 전체가 선생님 편에 설 것입니다.

아스라크센　선생님, 그럼 인쇄를 시작해도 지장은 없겠군요?

스토크먼　그렇소.

호스타트　내일 신문에 내기로 합시다.

스토크먼　좋소. 빠를수록 좋소. 하루가 늦어지면 그만큼 일이 늦어지오. 아스라크센, 당신한테 청이 있는데, 이 원고를 직접 읽어 주시오.

아스라크센　읽고말고요.

스토크먼　보물처럼 소중히 다루어 주시오. 오자가 하나라도 있어서는 안 되오. 한 글자, 한 구절이 중요하오. 다시 오겠소. 그때는 교정쇄를 보여 줄 수 있겠죠? 어떤 반응이 있을지 심장이 터질 것만 같소. 이 논문이 인쇄되어 세상으로 나가면…….

빌 링　이 논문이 발표되면……. 벼락 맞은 기분일 겁니다.

스토크먼　결국 양식 있는 시민의 판단에 맡기는 셈이오. 내가 이 일을 하는 데 어떤 수모를 받았는지 아마 상상도 하지 못할 것이오. 나는 갖가지 위협을 받았소. 나는 인간으로서의 가장 명백한 권리마저 박탈당할 위기에 처해 있소.

빌 링 인간으로서의 권리라면?

스토크먼 나는 비열한 인간으로 굴러 떨어질 뻔했소. 악인이 되라는 유혹도 받았고, 개인의 이익을 위해서 이 신성한 신념을 포기하라고 강요당했소.

빌 링 젠장, 그건 너무 합니다. 이게 지나친 일이 아니라면 그건 어딘가 잘못된 겁니다.

호스타트 아마 그럴 겁니다. 그자들이 하고자 하면 못할 것이 없으니 말입니다.

스토크먼 그러나 그들은 나를 잘못 봤다는 것을 곧 깨닫게 될 거요. 조만간 흑백이 가려지는 것을 목격할 것이오. 그날까지 나는 매일 《민보》를 내 아성으로 삼아 숨 돌릴 틈도 주지 않고 폭탄 세례를 퍼부어 주겠소.

아스라크센 하지만 다시 한 번······.

빌 링 만세, 전쟁이다, 전투 개시다.

스토크먼 나는 기어코 그들을 땅바닥에 쓰러뜨리고야 말겠소. 짓눌러 버리겠소. 그들의 아성을, 그들이 숨어 있는 아성의 성벽을 무너뜨려서 정당한 사고를 하는 사람들 앞에 그들의 추악한 정체를 폭로해 보이겠소. 이것이 바로 내가 행해야 할 의무요.

아스라크센 그렇지만 선생님, 만사 절제가 첫째입니다. 포격을 가하는 데도 절제가 있어야 합니다.

빌 링 그건 엉터리요. 그렇지 않아요. 다이너마이트를 절약할 필요는 없소.

스토크먼 (조용하게 말을 계속한다) 이제는 도수관이 어떻고 배수조가 어떻다는 건 문제가 아니오. 이건 사실이오. 자치 단체 전체가 정화되어야 하오. 소독해야 하오.

빌 링 선생님 말씀이야말로 구세의 복음입니다.

스토크먼 저도 동감입니다. 구세대의 쓸모없는 폐품은 다발로 묶어 모조리 처치해야 합니다. 이 말은 어떤 경우, 어떤 장소에 적용되는 말입니다. 말하자면 끝없는 원경이 우리 눈앞에 펼쳐지는 것 같습니다. 물론 미래 전부가 보이는 건 아닙니다만……. 그것도 차차 보이겠지요. 우리가 원하는 것은 젊고 건장한 기수입니다. 갖가지 부서에 새로운 지도자를 우리는 추대해야 합니다.

빌 링 옳거니, 옳소!

스토크먼 즉 우리가 단결하면 무슨 일이고 원활히 진행될 것이오. 일체의 혁명이, 배가 미끄러져 가듯 매끄럽게 진수할 것은 틀림없는 일이오. 여러분, 그렇지 않소?

호스타트 우리 견해로는 시정 전반이 차차 정당한 책임자 손으로 넘어오는 것 같습니다.

아스라크센 만사 절제를 지켜 밀고 나가면 위험은 없을 것입니다.

스토크먼 위험의 유무는 상관할 바가 아니오. 나는 진리의 이름으로, 그리고 양심을 위해 일할 뿐이오.

호스타트 선생님의 후원자로서 보람을 느낍니다.

아스라크센 그렇소. 선생이 우리 고장의 진정한 벗임은 의심의 여지가 없는 사실입니다. 선생이야말로 진정한 사회의 벗입니다.

빌 링 스토크먼 선생을…… 제기랄, 민중의 벗이 아니라고 한다면 어딘가 잘못된 겁니다.

아스라크센 물론입니다. 가주 조합은 즉각 선생을 그 칭호로 부르게 될 겁니다.

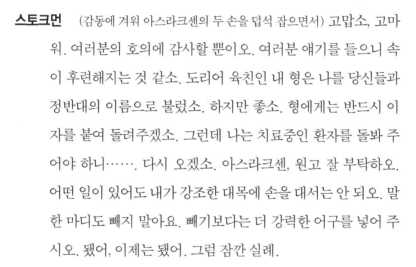

스토크먼 (감동에 겨워 아스라크센의 두 손을 덥석 잡으면서) 고맙소, 고마워. 여러분의 호의에 감사할 뿐이오. 여러분 얘기를 들으니 속이 후련해지는 것 같소. 도리어 육친인 내 형은 나를 당신들과 정반대의 이름으로 불렀소. 하지만 좋소. 형에게는 반드시 이자를 붙여 돌려주겠소. 그런데 나는 치료중인 환자를 돌봐 주어야 하니……. 다시 오겠소. 아스라크센, 원고 잘 부탁하오. 어떤 일이 있어도 내가 강조한 대목에 손을 대서는 안 되오. 말한 마디도 빼지 말아요. 빼기보다는 더 강력한 어구를 넣어 주시오. 됐어, 이제는 됐어. 그럼 잠깐 실례.

서로 인사를 교환. 일동 그 문지방까지 배웅. 그밖으로 나간다.

호스타트 그 사람은 우리에게는 중요한 인물이 될 것 같군.

아스라크센 그렇고말고. 온천장의 실정을 무시하지 않는 한 그럴 거야. 그러나 저 사람이 지나치게 과격하게 나갈 경우 그를 따라가는 건 생각해 볼 문제야.

호스타트 흥, 그건 당신 사정이오. 하지만…….

빌 링 아스라크센 씨, 당신은 언제나 얄미울 정도로 겁쟁이로군요.

아스라크센 나더러 겁쟁이라고? 좋아, 하긴 나는 지방 권력자와의 관계에 있어선 겁쟁이라 불릴 만해. 경험이란 이름의 학교에서 나는 배운 거야. 그러나 일단 문제가 고등 정치에 관계되는 것인 경우에는 그렇지 않아. 통치권에 반대하는 일이라도 맡겨 보게. 그때는 나는 겁쟁이가 문제가 아니야.

빌 링 그럴까요? 어쨌든 바로 이런 점이 당신의 애매하고 철저하지 못한 점입니다.

아스라크센 나는 책임을 중시하는 인간이야. 문제가 중앙 정부를 공격하는 것이라면 적어도 일반 서민 사회에 해는 없어. 공격받는 자도 조금도 피해를 받지 않아. 아무리 공격을 받아도 끄떡없이 그 지위를 지키고 있지. 그러나 지방 관헌은 그렇지 못해. 쉽게 뒤집어지거든. 결국 아무 능력도 없는 자가 쫓겨난 선임자 뒤를 이어 자리에 앉아 정치를 장악하게 돼. 이것은 가주 조합원을 비롯하여 다른 모든 시민에게는 돌이킬 수 없는 큰 손실인 거야.

호스타트 그럼 자치에 의한 시민 교육, 이런 문제에 대해서는 생각해 본 적이 없으시오?

아스라크센 무엇이든 자신이 확실한 이익을 쥐고 있는 동안에는 다른 사람 생각은 하지 않는 법이오.

호스타트 그렇다면 모름지기 확실한 이익을 쥐어서는 안 되겠군요.

빌 링 이건 들을 만한 얘기인데.

아스라크센 (미소를 지으면서) 흥. (사무용 책상을 가리킨다) 그 주필 의
자에는 당신이 오기 전까진 자혜 재단 위원인 스텐스콜(입센의
작품《청년 동맹》의 주인공)이 앉았거든.

빌 링 (침을 뱉으며) 쳇, 비겁한 변절자.

호스타트 나는 구경거리 새가 아니오. 물론 앞으로도 그렇고.

아스라크센 호스타트 씨, 정치가란 함부로 서약 같은 걸 하는 게 아
니오. 그리고 빌링, 당신도 시 참사회 비서 운동을 하고 있는
이상 다소 자숙하는 편이 당신에게 유리할 거요.

빌 링 제가요?

호스타트 빌링, 설마 자네가?

빌 링 흥분하지 마십시오. 이 문제는 이렇게 생각해 주셨으면 좋
겠어요. 제 본의는 높은 양반들한테 직접 부딪쳐서 한바탕 크
게 해보자는 것입니다.

아스라크센 자네가 어떻게 하든 그건 나와 관계없는 일이오. 다만
나는 겁쟁이라고, 또는 애매하고 철저하게 못한 인간이라고 공
격받았기에 자네의 그 점을 찔러 주고 싶었을 뿐이오. 인쇄 공
장 경영주 아스라크센의 정치적 진퇴는 누구한테 보여도 공명
정대하오. 달라진 게 있다면 전보다 더 절제적인 인간이 되었
다는 점뿐이오. 내 기분은 물론 평민 쪽으로 기울고 있소. 그러
나 이성이 다소 관리 쪽……. 물론 지방 관리의 독선적 처지를
용인하는 것만은 사실이오. (공장으로 되돌아간다)

81

빌 링　호스타트 씨, 저 사내 손아귀에서 벗어날 도리가 없을까요?

호스타트　우리 신문 발행과 인쇄소에 돈을 내줄 사람이 있다면 그
　　　　야 가능하지.

빌 링　자본이 없다는 것은 참으로 딱한 일이군요.

호스타트　(책상 옆 의자에 앉으면서) 그래, 그것만 확실히 있다면야…….

빌 링　스토크먼 씨에게 부탁하면 어떨까요?

호스타트　(종이를 손으로 넘기면서) 헛수고야. 그는 한 푼도 없는 빈털
　　　　터리야.

빌 링　그래요? 그의 배후에는 유력한 인물이 있는데……. 몰텐 킬
　　　　영감이오. 항간에는 '너구리'라고 부르죠.

호스타트　(펜을 놀리면서) 그 영감 돈 많은 게 확실한가?

빌 링　두말하면 잔소리죠. 그 영감에게 돈이 없다면 나는 상대도
　　　　하지 않아요. 그 영감 돈의 일부는 분명히 스토크먼 호주머니
　　　　로 들어가고 있어요. 영감에게는 손자들을 돌볼 의무가 있거
　　　　든요.

호스타트　(반만 돌아보며) 자네는 그걸 기대하는 건가?

빌 링　기대한다고요? 천만에요. 그런 걸 기대할 까닭이 없지 않
　　　　아요.

호스타트　물론 기대할 까닭이 없지. 자네가 노리는 시 참사회 비서
　　　　자리처럼 기대할 수는 없을 걸세. 물론 자네가 차지하려 한다
　　　　고 해도 자네 손으로 들어올 까닭도 없을 걸세.

빌 링　그 점은 저도 익히 알아요. 거절당할 것을 기대하는 겁니다.

저는 바로 그 점을 노리고 있어요. 배척당하면 그만큼 제 전투
정신은 힘이 나지요. 말하자면 신선한 자극제의 공급을 받고
싶은 겁니다. 별로 자극이 없는 시골에선 이렇게라도 하지 않
고서는 견딜 수 없거든요.

호스타트 (여전히 펜을 놀리면서) 그래, 그래.

빌 링 언젠가 제 생각을 알아주실 날이 오겠죠. 그럼 지금 당장 가
주 조합에게 주는 경고문이나 쓰기로 할까. (오른쪽 방으로 들어
간다)

호스타트 (책상에 앉아 펜대를 입으로 씹으면서 천천히 말한다) 흥, 그러려
무나. (노크 소리) 들어오십시오.

페트라가 배경 왼쪽 입구로부터 들어온다.

호스타트 (일어서면서) 오, 당신이었군요. 이런 곳까지 웬일로?

페트라 실례하겠어요.

호스타트 (안락의자에 앉기를 권하면서) 앉으세요.

페트라 고마워요. 바로 가야 해요.

호스타트 혹 아버님 전갈이라도?

페트라 아니에요. 제 용무로 왔어요. (외투 주머니에서 책 한 권을 꺼낸
다) 언젠가 부탁하셨던 영국 소설을 돌려드리려고요.

호스타트 왜 돌려주시려는 거죠?

페트라 번역하고 싶지 않아서요.

호스타트 아니, 전에는 약속하셨죠?

페트라 그러셨을 거예요. 저는 이 책 말고 다른 책을 주셨으면 좋겠
어요. (책을 책상 위에 놓는다) 이 책 내용은 《민보》와는 맞지 않
아요.

호스타트 왜지요?

페트라 이 소설 내용은 당신 의견과 정반대의 입장이에요.

호스타트 이유가 그것뿐이라면…….

페트라 알아듣지 못하시는군요. 이 소설 내용은 뭔가 인간 이상의
신비한 힘이 있어 그것이 이 세상의 모든 선인을 보호하고 있
다, 결국 매사가 그들 편리하게 이루어지고 다스려진다, 반대
로 악인은 남김없이 벌을 받게 된다, 이런 거예요.

호스타트 그래요? 그건 좋군요. 일반 독자들은 그런 얘기를 몹시 즐
겨합니다.

페트라 그럼 당신은 이런 이야기를 세상에 권하고 싶다는 말이에
요? 당신은 이 소설의 단 한 마디 말도 믿지 않으실 거예요. 실
제로 이 소설 내용 같은 이야기는 있을 수 없다는 것을 아주 잘
알고 계실 거예요.

호스타트 물론이지요. 그러나 신문 편집자로서는 언제나 자기 좋
은 대로만 할 수는 없는 겁니다. 때로는 시시한 걸 가지고 일
반의 취향에 아첨하는 경우도 있는 겁니다. 요컨대 정략이 인
생에서는 중대사이기 때문이지요. 특히 신문에게는 중요한
일입니다. 때문에 사회가 우리들에게 자유라거나 진보 등의

길을 걷도록 요구한다면 우리는 그것을 배척할 수 없습니다. 또 이런 교훈적인 소설을 움 속에서 주워내 보이면 그들은 이것에 몰려들어……. 자신들이 더욱 안전하다고 믿게 되는 겁니다.

페트라   한심하군요. 설마 당신은 독자들에게 그런 흉계를 쓰는 위선자는 아니겠죠? 진정 독거미는 아니시죠?

호스타트   (미소를 지으면서) 그 호의는 고맙소. 이 구상은 전적으로 빌링이 한 겁니다. 내 생각이 아닙니다.

페트라   빌링 씨 가요?

호스타트   그렇소. 그가 언젠가 그런 의논을 해 왔지요. 소설을 신문에 연재하고 싶어 한 것도 빌링이었소. 나는 이런 소설이 있는 것조차 몰랐어요.

페트라   진보적 사상의 소유자인 빌링 씨가?

호스타트   사실 빌링은 팔방미인입니다. 현재도 시 참사회 비서 자리 운동을 하고 있는가 봅니다.

페트라   그럴 수가 있을까요? 그분이 왜 그런 생각을 하셨을까?

호스타트   그건 그에게 직접 물어보십시오.

페트라   저는 빌링 씨만은 결코 그럴 리가 없다고 생각해요.

호스타트   (페트라를 응시하면서) 그렇게 생각하오? 그렇게 뜻밖의 일로 생각하오?

페트라   네, 그래요. 설마 그럴 리가……. 오, 저는 사실은 잘 몰라요.

호스타트   신문 기자란 원래 쓸모 있는 인간이 되지 못하는 겁니다.

민중의 적

85

페트라　정말 그렇게 생각하세요?

호스타트　때때로 그런 생각을 하지요.

페트라　하기야 매일 알맹이 없는 잡보 따위만 내는 것을 보면……. 그렇기도 하군요. 하지만 이번의 대사건을 다루면 좀…….

호스타트　아버지 사건 말인가요?

페트라　물론이에요. 현재도 당신은 자신을 어느 인간보다 한층 차원 높은 사람으로 생각하실 거예요.

호스타트　참, 그렇군요. 오늘은 왠지 그런 생각이 듭니다.

페트라　당연해요. 그게 당연해요. 당신이 가시는 길은 영광의 길이에요. 아직 인정받지 못한 진리, 새롭고 대담한 사상의 선도자가 되는 게 아니에요? 그렇지 않다고 하더라도 박해받는 민중을 위해 스스로 대변을 맡고 나섰다는 사실, 바로 이것만으로도 위대한 일이에요.

호스타트　더욱이 그 박해받는 사람이……. 뭐라 설명했으면 좋을지…….

페트라　정직하고 성실한 정의의 인간이기 때문이라고 하시고 싶은 게지요.

호스타트　(목소리를 낮추어) 아니, 더욱이 당신 아버님이시라고 말하려 했지요.

페트라　(갑자기 깜짝 놀라며) 어머, 이럴 수가…….

호스타트　그렇소, 페트라 양.

페트라　그게 당신의 생각이었군요. 문제를 위한 것도 아니며, 진리를 위해서도 아니고, 그리고 아빠의 커다란 따뜻한 마음을 위한 것도 아니었군요.

호스타트   아니요, 그렇지 않소……. 물론 그것도 포함하지요.

페트라   그런 말씀 마세요. 이제 알았어요. 호스타트 씨, 그날 당신은 퍽 여러 가지 이야기를 하셨어요. 하지만 이제는 당신을 믿지 않아요.

호스타트   제가 어느 무엇보다도 당신을 위해서 일한 것을 그렇게 비난하시는 겁니까?

페트라   제가 당신을 비난하는 것은 당신이 오직 아빠를 위해서 일하신 것이 아니라는 것을 알았기 때문이에요. 당신은 아빠에게는 오직 진리를 위해 사회의 공익만을 생각하는 양 말했어요. 당신은, 아빠는 물론 저를 농락하고 계셨어요. 당신은 겉보기와는 영 다른 사람이었군요. 때문에 저는 당신을 용서할 수 없어요. 결코 용서하지 않겠어요.

호스타트   페트라 양, 그렇게 심한 말을 하는 게 아닙니다. 특히 이런 경우에 말입니다.

페트라   이런 경우라니 무슨 말이에요?

호스타트   당신 아버지는 내가 돕지 않으면 아무 일도 하실 수 없어요.

페트라   (상대의 머리끝부터 발끝까지를 재듯 훑어보고) 당신은 겨우 그 정도의 인간이었군요. 아이, 지겨워.

호스타트   이건 실언이었소. 아무 생각 없이 지껄인 거요. 이 말을 믿어선 안 되오.

페트라　저는 무엇을 믿어야 하는가를 분명히 알았어요. 가겠어요.
　　　안녕.

아스라크센, 인쇄 공장에서 방 안으로 급히 들어온다. 영문을 모르겠다
는 표정.

아스라크센　이봐, 호스타트, 어떻게 생각하오? (페트라를 발견하고)
　　　아차, 실례······.
페트라　그럼 책은 여기 놓고 가요. 다른 분한테 부탁하세요. (문 쪽으
　　　로 가려 한다)
호스타트　(뒤쫓아 가서) 잠깐, 페트라 양······.
페트라　안녕. (나가 버린다)
아스라크센　이봐, 호스타트, 들리지 않소?
호스타트　아, 예, 뭐요?
아스라크센　시장이 찾아왔소, 공장으로.
호스타트　시장이?
아스라크센　그래, 시장이오. 당신한테 할 얘기가 있다는 거요. 뒷문
　　　으로 들어왔거든······. 이목을 피하려는 게지, 알아들었소?
호스타트　웬일일까? 좋아, 만나 주지.

인쇄 공장 쪽으로 가 문을 연다. 시장이 들어서자 고개 숙여 절하며 맞아
들인다.

호스타트　　아스라크센, 방 안에 아무도 들여보내지 않도록 조심해
　　　　　주시오.

아스라크센　　알았네. (공장으로 간다)

시　장　　호스타트 씨, 여기서 만나리라곤 생각하지도 못하셨을 거요.

호스타트　　네, 뜻밖이라.

시　장　　(주위를 둘러보곤) 일하기 꽤 좋은 곳이군요. 훌륭하오.

호스타트　　뭘요, 별로……

시　장　　갑자기 찾아와서 폐가 된 것 같소.

호스타트　　천만에요, 상관없습니다. 그런데 무슨 용무이신지? (시장
　　　　　의 모자와 단장을 받아 의자에 놓는다) 앉으십시오.

시　장　　(탁자를 앞에 하고 앉는다) 그럼 실례.

시장, 호스타트와 탁자를 사이에 두고 마주보고는 자리에 앉는다.

시　장　　오늘 찾아온 것은…… 실은 그 불쾌한 사건 때문에 온 거요.

호스타트　　그럴 겁니다. 시장께서는 여러 가지 일이 많으실 테니까요.

시　장　　아니요, 이번 불쾌한 사건의 불씨는 예의 의무관이오.

호스타트　　그래요? 그 의사가…….

시　장　　그는 온천 관리 위원회 앞으로 청원서를 냈소. 갖가지 결점
　　　　　을 열거했습니다.

호스타트　　그랬군요.

시　장　　그렇소. 당신한테 그런 말을 하지 않았소? 얘기가 있었던

걸로 알고 있소만…….

호스타트　맞습니다. 조금 듣기는 했습니다만…….

아스라크센　(공장에서) 이봐, 잠깐만, 조금 전의 원고를…….

호스타트　(난처한 듯) 흠, 그게 어디 있더라, 옳지, 저쪽 탁자 위에 있
　　　을 거요.

아스라크센　(찾아낸다) 좋아요, 찾았소.

시　장　바로 그거요. 이게 의사의 논문이죠.

호스타트　그랬던가요, 그 이야기는?

시　장　그렇소. 그런데 그것에 대해 어떻게 생각하시오?

호스타트　저는 전문가도 아닌 데다 대강 훑어보았을 뿐이어서.

시　장　어쨌든 신문에 실리겠죠?

호스타트　저명하신 분들의 원고를 함부로 거절할 수는 없어서요.

아스라크센　저는 편집상의 문제에는 개입하지 않기로 되어 있지요.

시　장　알았소.

아스라크센　저는 넘어온 원고대로 인쇄할 뿐입니다.

시　장　암, 지당한 말이오.

아스라크센　그럼 저는……. (공장으로 되돌아가려 한다)

시　장　잠깐 기다려 주시오. 아스라크센 씨, 괜찮겠죠? 어때요, 호
　　　스타트 씨…….

호스타트　좋으실 대로…….

시　장　아스라크센 씨, 당신은 사려 깊은 근엄한 사람이오.

아스라크센　그렇게 보아주시니 황송합니다.

시　장　더욱이 당신은 비길 데 없이 광범위한, 그리고 강력한 세력을 장악하고 있지요.

아스라크센　뭘요, 겨우 서민층 사이에 약간……

시　장　천만에요. 시민들 가운데 납세액이 적은 층이 가장 많다는 것은 어느 도시든 같은 현상이오.

아스라크센　옳은 말씀입니다.

시　장　그런 관계로 당신은 그들의 공통된 욕구가 무엇인가를 잘 아실 거요. 어떻소?

아스라크센　맞습니다. 그거라면 말씀드릴 수 있다고 생각합니다.

시　장　그럴 겁니다. 이른바 뛰어난 희생정신은 비교적 빈곤한 시민층이 강하다는 것을 전제로 하고서……

아스라크센　무엇이 강하다고 하셨는지요?

호스타트　희생정신 말이오.

시　장　그것은 공공심의 아름다운 발로요. 가장 아름다운 공공 정신의 발로로 생각하오. 사실상 내가 기대 이상일 거라고 말해도 좋을 거요. 더욱이 당신은 신문에 관계하는 이상 그들의 그런 정신을 나보다 더 잘 알고 있을 게 틀림없소.

아스라크센　그건 그렇소만……

시　장　그런데 그 논문대로 하자면 시가 부담해야 하는 희생은 적지 않소.

호스타트　시라고 하시면?

아스라크센　저는 이해가 가지 않습니다만, 이건 어디까지나 온천장

만의……

시 장 대략 계산을 뽑아 보니 의사 나리가 구상한 개조 계획에 의한 이십 만 크로네가 필요하게 되어 있소.

아스라크센 굉장하군요. 막대한 금액입니다. 그러나……

시 장 이 계획을 추진하려면 불가불 시 공채를 발행하지 않을 수 없소.

호스타트 (일어선다) 설마 그 공사를 시 재정으로 하시려는 생각은……

아스라크센 그 막대한 돈이 시 재정에서 지출되어야 하는 겁니까? 서민층의 텅텅 빈 호주머니에서 말입니다.

시 장 그럴 수밖에는. 그렇지 않으면 아스라크센 씨, 달리 돈을 끌어낼 곳이 없지 않소?

아스라크센 그건 온천 소유자들이 제각기 부담해야 할 성질로 생각합니다만……

시 장 아니요, 그렇지 않소. 온천 소유자들은 현재 그 이상의 투자 능력이 없는 처지요.

아스라크센 시장님, 그게 사실입니까?

시 장 그 점은 충분히 조사했소. 이 거창한 규모의 공사를 하려면 그 경비를 시 자체에서 부담하지 않을 수 없소.

아스라크센 놀라운 일이오. 이게 도대체 어떻게 돌아가는 일이오. 얼토당토하지 않은 일이 벌어졌으니……. 호스타트, 이렇게 되면 문제는 영 달라지지 않소.

호스타트 글쎄요, 정말이지…….

시 장 그리고 그보다도 더 좋지 않는 것은 온천장을 이 년 동안은 폐쇄해야 하는 거요.

호스타트 폐쇄한다고요? 온천장을 완전 폐쇄하는 겁니까?

아스라크센 이 년간이나…….

시 장 그렇소. 아무리 짧게 잡아도 공사 완료까지는 그만한 시일은 소요될 거요.

아스라크센 그건 안 됩니다. 시장님, 그럴 수는 없습니다. 그러면 그 이 년 동안 우리 가옥 소유자들은 무엇으로 살아야 한단 말입니까?

시 장 정말 난처한 문제요. 그렇지만 어찌하겠소. 가령 온천장 물에는 독소가 섞였다, 또는 이 고장은 건강상 극히 유해한 곳이다, 아니, 시내 전체가 병균 소굴이라고 방방곡곡 떠벌리고 다녔다고 하면 어느 누가 이 고장을 찾아올 사람이 있겠소?

아스라크센 그럼 이 사건 전체가 그 의사 나리 머릿속에서 나온 공상이란 말입니까?

시 장 아무리 선의로 해석해도 그 반대라는 증거를 내세울 수가 없지 않소.

아스라크센 그렇군. 그렇다면 이 책임은 전적으로 스토크먼 씨의 무책임한 언동에 있다는 것입니까? 용서하십시오, 시장님. 그러나…….

시 장 딱하기는 하오만 당신의 말이 진실인 걸 어떻게 하겠소. 원래 내 동생은 때때로 이런 못된 짓을 곧잘 하지요. 경솔한 인간 이기 때문이오.

아스라크센　그럼 호스타트, 당신은 앞으로도 그를 후원할 셈이오?

호스타트　나도 이런 점은 꿈에도 생각하지 못했기에…….

시　장　내가 냉정한 입장에서 간단한 진술서를 만들었소. 이걸 보면 온천의 경제를 파괴하지 않는 범위에서 온건하게 그리고 착실하게 개선의 실적을 올리는 방도가 무엇인지 알 수 있을 것으로 믿소.

호스타트　시장님, 그 원고를 지금 가지고 계십니까?

시　장　(호주머니를 뒤진다) 혹 쓸모가 있을까 해서 가지고 왔소.

아스라크센　(당황한 말투로) 아니, 저게 누구야? 오, 그분이 왔어요.

시　장　누가? 동생이오?

호스타트　어디, 어디?

아스라크센　공장 쪽에서.

시　장　이건 난처한데. 나는 그 녀석을 여기서 만나고 싶지는 않고, 더구나 당신들한테 하고 싶은 이야기가 많은데…….

호스타트　(오른쪽 문을 가리킨다) 잠시 저 안에 들어가시죠.

시　장　그렇지만…….

호스타트　빌링밖에는 아무도 없어요.

아스라크센　빨리, 빨리, 벌써 저기까지 왔습니다.

시　장　이거 참 난처한데. 그럼 적당히 해서 빨리 보내도록 하시오.

(아스라크센이 열어 준 오른쪽 문으로 들어가고는 바로 닫는다)

호스타트　아스라크센, 무엇이든 일하는 척하시오. (자리에 앉아 펜을 놀린다. 아스라크센은 오른쪽 의자 위의 신문을 뒤적이는 시늉을 한다)

스토크먼　(공장 안으로 해서 나온다) 또 왔소. (모자와 단장을 내려놓는다)

호스타트　(펜을 놀리면서) 선생님, 벌써 오셨습니까? 아스라크센 앞서 이야기한 건은 서둘러 주시오. 오늘은 이제 시간이 없으니.

스토크먼　(아스라크센에게) 아직 교정쇄가 나오지 않았소?

아스라크센　(돌아보지도 않고) 네, 선생님. 그렇게 서두른다고 일이 되는 것은 아닙니다. 여기 있소 하고 되는 게 아니니까요.

스토크먼　그렇겠군. 내 성미가 급하다는 걸 아시죠? 원체 서두르는 편이라서. 나는 그 인쇄물을 내 눈으로 보기까지는 휴식은커녕 진득하게 앉아 있을 수도 없소.

호스타트　하지만 꽤 시간이 걸릴 겁니다. 아스라크센, 그렇지 않소?

아스라크센　암, 그렇고말고요.

스토크먼　좋소, 좋아. 알았소. 그럼 다시 오겠소. 할 수 없지요. 몇 번이고 기꺼이 오겠소. 어쨌든 시민 전체의 안위에 관계되는 중대사니까. 이만한 노력쯤은 사양하지 않겠소. (나가려다가 멈추어 서더니 다시 되돌아온다) 아, 아직 몇 가지 더 해두어야 할 얘기가 있소.

호스타트　그렇지만 다른 기회로 미룰 수는 없을까요?

스토크먼　두 마디로 끝나오. 잘 들으시오. 이런 얘기요. 내일 아침 신문에서 내 논문을 읽은 시민들은 내가 이 겨울 동안 완전히 비밀리에 이 고장의 행복을 위해 노력했다는 사실이 일반에게 널리 알려진다면…….

호스타트 그래서요?

스토크먼 그런 경우에 당신들이 그 문제에 대해서 어떤 생각을 하실 것인지에 대해서는 나는 잘 알고 있소. 그야 물론 내가 마땅히 해야 할 마음 내키지 않는 의무와 책임을……. 단순히 시민으로서의 책임을 완수했음을 불과하다고 생각할 것이오. 물론 이렇게 생각하실 게 당연하오. 나는 그 점을 잘 알고 있소. 그러나 일반 시민들은 어떻게 생각할 것인지. 아마 대다수의 시민은 나를 과대평가하지 않을까, 이런 일이 생기지 않을까 염려되는 것이오.

아스라크센 그야 당연하지요. 오늘날 시민들은 당신을 위인으로 여기고 있습니다.

스토크먼 그게 바로 내가 가장 두려워하는 일이오. 그래서 내가 말하고 싶은 것은 이 논문이 그들에게, 특히 서민층의 손에 들어갔을 적에, 그들은 이것을 장차 이 고장의 정권은 스스로 쥐지 않으면 안 된다는 일종의 경고로 받아들이지 않을지?

호스타트 (자리에서 일어선다) 흠, 선생님, 그 점에 대해서는 나도 감히 부정하려 하지 않습니다.

스토크먼 놀라지 않을 수 없소. 그러니 그런 것으로 인해 소동 같은 게 일어나지 않을까 염려되는 바요. 그건 나로서는 전혀 바라지 않는 일이기 때문이오. 만약 그들이 뭔가 모임 같은 걸 가질 기미가 보이면…….

호스타트 모임이라면?

스토크먼 왜 있지 않소? 횃불 행렬, 축하연, 명예 표창회 같은 것들 말이오. 이 밖의 어떤 종류의 모임이든 절대로 갖지 않겠다는 약속을 당신들한테서 받지 않으면 안 되겠소. 아스크라센 씨, 당신한테 미리 말해 두는 거요. 아시겠소?

호스타트 선생, 안됐지만 아무래도 지금 말씀드리지 않을 수 없군요. 그게 낫겠소.

민중의 적

스토크먼 부인, 모자에 외투차림으로 배경 왼쪽의 문으로 들어온다.

스토크먼 부인 (의사를 바라보고) 역시 그랬군요.

호스타트 (부인을 영접하면서) 이거 실례했습니다. 부인께서도 오셨군요.

스토크먼 카트리네, 당신은 무엇 하러 여기까지 따라왔소?

스토크먼 부인 제가 무엇 하러 따라왔는가는 아시지 않아요?

호스타트 우선 앉으십시오. 그보다…….

스토크먼 부인 고마워요. 제게는 마음 쓰시지 마세요. 더욱이 주인 양반 뒤를 따라 들어온 무례를 양해하세요. 저는 세 아이의 어미이기 때문에 어쩔 수 없었던 거예요.

스토크먼 쓸데없는 말 작작하시오. 그런 건 누구나 다 알고 있소.

스토크먼 부인 하지만 당신이 오늘은 처자식 생각을 일체 하지 않으시는 것 같아요. 그렇지 않다면 우리 식구들이 모두 길거리로 쫓겨나게 될 일을 하실 리가 없지 않아요?

스토크먼　카트리네, 당신이야말로 어딘가 생각이 잘못된 것 같소. 처자식을 거느리는 자는 진리를 주장할 권리도 없단 말이오? 보다 충실하고 용기 있는 시민이 되는 것도 용납되지 않는단 말이오? 자기 고장을 위해 일하는 것마저 방해를 받아야 한단 말이오?

스토크먼 부인　여보, 매사에는 정도가 있는 법이에요.

아스라크센　그건 나도 주장하는 바요. 매사에는 정도가 중요한 겁니다.

스토크먼 부인　호스타트 씨, 당신이 주인양반을 부추겨 이런 일을 꾸미시는 것은 우리 가족에게 고통을 주는 행위예요.

호스타트　천만에요, 저는 아무도 부추긴 적이 없습니다.

스토크먼　부추긴다고? 여보, 내가 다른 사람의 꾐에 넘어갈 사람이라고 생각하오?

스토크먼 부인　네, 저는 그렇게 생각해요. 당신이 이 고장에서 가장 영리하다는 것은 인정해요. 하지만 반면 가장 손쉽게 남의 꾐에 걸려들 분이에요. (호스타트를 향해) 당신이 주인양반 논문을 신문에 게재하는 날 이분은 의무관 자리에서 쫓겨난다는 것을 고려해 주세요.

아스라크센　뭐라고요?

호스타트　이제는 알겠소. 선생님, 이건······.

스토크먼　(웃는다) 하하하, 어쨌든 시험 삼아 해보시오. 누구든······.

그들도 깊이 생각할 것이오. 내 뒤에는 견실한 다수의 단결된 힘이 있으니 말이오.

스토크먼 부인   당신이 그런 달갑지 않은 세력을 등에 업고 있다는 그것이 바로 당신을 불행 속으로 끌고 간다는 것을 아셔야 해요.

스토크먼   쓸데없는 소리 지껄이지 마오. 그보다는 집안일이나 착실히 돌보시오. 사회의 일은 내게 맡겨 두오. 도대체 내가 아직 이렇게 팔팔한데 무엇을 그리 걱정하는 거요. (두 손을 비비며 방안을 서성거린다) 진리와 민중은 언제나 승리하는 거요. 이건 엄연한 사실이오. 안심해요. 오오, 내 눈에는 자유를 사랑하는 모든 시민이 개선 군대와 같이 행진하는 모습이 보이오. (어떤 의자 옆에서 발을 멈춘다) 아니, 이게 뭐요?

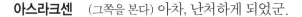

아스라크센   (그쪽을 본다) 아차, 난처하게 되었군.

호스타트   (같은 거동) 흥.

스토크먼   여보게, 제군이 여기에 관청의 탑이 서 있소. (손가락 끝으로 시장의 모자를 자못 경건하게 집어 올려 높이 쳐든다)

스토크먼 부인   시장님 모자로군요…….

스토크먼   그리고 여기에는 시장의 단장이 있소. 놀라운 일이오. 왜?

호스타트   그건 저…….

스토크먼   오, 알겠소. 시장은 당신들을 설득하려고 여기에 왔군. 하하하. 역시 이곳은 그이가 찾아올 만한 곳이오. 그런데 내가 공장 쪽에서 나타나는 것을 보고……. (배를 거머쥐고 웃는다) 양반께서 놀란 강아지 모양 허둥지둥 달아났다. 이 말이군, 그렇지요, 아스라크센?

아스라크센   (당황해서) 그렇습니다. 말씀 그대로입니다. 정말 그대로입니다. 달아나셨습니다.

스토크먼   결국 허둥지둥 도망치느라고 단장을 잊고 가셨다 이 말이렷다. 아니야, 내 형은 소지품을 잊고 다닐 그런 위인이 아니오. 그렇다면 당신네가 어딘가에 숨겼군. 오라, 물론 저 방이다. 두고 봐요. 카트리네.

스토크먼 부인   여보, 당신 어쩌시려고 그런 짓을······.

아스라크센   선생님, 조심하십시오.

스토크먼   (시장 모자를 머리에 얹고 단장을 든다. 문으로 다가가 문을 활짝 열고 군대식으로 모자 차양에 손을 대고 거수경례를 한다. 시장, 얼굴을 붉히고 노해서 나온다. 그 뒤를 빌링이 따라 나온다)

시 장   어찌 그런 무례한 짓을 하느냐?

스토크먼   경례를 올렸을 뿐입니다. 시장 각하의 어전이 아닙니까.
(성큼성큼 걸어 다닌다)

스토크먼 부인   (눈물이 쏟아지려는 것을 애써 참으며) 여보. 그건, 여보······.

시 장   (스토크먼 뒤를 쫓아간다) 내 모자와 단장을 이리 내.

스토크먼   (같은 동작을 계속하면서) 당신은 순경의 왕초지만, 그렇게 따지자면 나는 시민의 두목이오. 모든 시민의 두목이란 말이오. 알겠소?

시 장   모자를 벗어. 법률로 규정한 관모란 걸 잊었나?

100

스토크먼   어리석은 말씀. 눈뜬 민중의 사자가 관모쯤에 놀라리라
생각하셨소? 여보시오. 우리는 내일 이 고장에서 혁명을 일으
킨단 말이오. 당신은 나를 파면시키겠다고 위협했지요? 그러
나 이번에는 내가 당신을 파면시키겠소. 당신이 믿고 의지하
는 관리들 무리 속에서 당신을 추방하고 말겠소. 내가 할 수 없
으리라 생각하시오? 보시오, 사회의 거역할 수 없는 위력은 내
편이요, 호스타트와 빌링은 《민보》에 퍼뜨리고 아스라크센은
가주 총동맹의 선두에서 지휘하도록 되어 있소.

아스라크센   선생님, 나는 사양하겠습니다.

스토크먼   아니오. 꼭 해 주어야 하오.

시 장   아하, 그럼 호스타트 자네가 앞장서서 장난칠 작정이었군요?

호스타트   천만에요, 그럴 리가.

아스라크센   맞습니다. 호스타트는 일개 공상가를 위해 일신을 파멸
시킬 그런 어리석은 사내는 아닙니다.

스토크먼   (뒤돌아본다) 그게 무슨 말이오?

호스타트   선생님, 당신 논문은 그릇된 생각 위에 세워진 주장이었
습니다. 때문에 당신을 후원할 수는 없습니다.

빌 링   그렇습니다. 시장님이 자세한 설명을 해 주셨습니다.

스토크먼   그릇된 사고라고? 그 점은 나 개인의 책임이오. 어쨌든 논
문을 신문에 내주시오. 거기에 대한 책임은 모조리 내가 지겠
소. 그만한 각오는 되어 있소.

호스타트   그건 낼 수 없습니다. 낼 수도 없고, 내려고 생각하지도 않

민중의 적

101

고, 내는 것을 당국이 용인하지도 않습니다.

스토크먼   용인받지 못한다고? 무슨 어리석은 말을 하는 거요? 당신은 편집자요, 신문을 주재하는 것은 편집자가 아니오!

아스라크센   그건 잘못 아셨습니다. 신문의 주재자는 독자입니다.

시 장   네게는 공부가 되었을 거다.

아스라크센   여론, 지식층의 독자, 가옥 소유주, 기타 모든 사람이 신문을 주재하는 겁니다.

스토크먼   (침착하게 온건한 목소리로) 그럼 그 많은 수의 세력이 모조리 내 의견에 반대하고 있단 말이오?

아스라크센   그렇습니다. 반대하고 있습니다. 당신의 논문이 신문에 실리는 것은 바로 시민 사회를 파괴하는 것과 같습니다.

스토크먼   그럴까?

시 장   내 모자와 단장을 내놔.

스토크먼, 모자를 벗어 단장과 함께 탁자 위에 놓는다.

시 장   (모자와 단장을 집어 든다) 내 시장의 임기는 이것으로 만기가 되었군.

스토크먼   천만에요. 아직 끝이 나지 않았소. (호스타트에게) 그럼 내 논문을 《민보》에는 도저히 낼 수 없단 말이오?

호스타트   아무리 해도 도저히 낼 수 없습니다. 그리고 당신 가정을 생각해서라도 말입니다.

102

스토크먼 부인　어머나, 호스타트 씨, 우리 가정 일은 여기에 관련시키지 마세요.

시　장　(속주머니에서 원고를 꺼낸다) 이것이 발표되면 시민은 안심할 수 있을 거요. 이건 관보니까 잘 부탁하오.

호스타트　(원고를 받아든다) 알겠습니다. 서둘러 착수하겠습니다.

스토크먼　그럼 내 논문은 영 낼 수 없단 말이렷다. 그것으로 나와 진리의 입을 봉하겠단 말이렷다. 그러나 당신네가 상상하듯 그리 쉽게 되지는 않을 거요. 아스라크센 씨, 당신이 내 원고를 맡아 주실 수 없겠소? 팸플릿으로 만드는 거요. 내 자비로, 자비 출판을 하려는 거요. 사백 부 만들어 주시오. 아니 오백, 아니 오백 부로 하시오.

아스라크센　안 됩니다. 그 종이 높이만큼 돈을 쌓아 주신다 해도 그런 목적으로는 소생의 공장을 쓸 수는 없습니다. 저 역시 여론을 거역할 수는 없으니 말입니다. 시중의 다른 인쇄소를 알아보십시오.

스토크먼　그럼 그 원고 이리 주시오.

호스타트　(원고를 돌려준다) 좋으실 대로.

스토크먼　(모자와 단장을 집어 든다) 어떤 수단을 쓰든 세상에 발표하고야 말겠소. 민중 대회 석상에서 낭독하겠소. 우리 시민 동포 전원이 내 진리의 소리를 기꺼이 받아 줄 거요.

시　장　시중 어디를 가든 그런 목적으로 너한테 회합 장소를 내줄 사람은 없을 거다.

아스라크센 단 한 군데도 없을 겁니다. 그건 명백한 사실입니다.

빌 링 흥, 제기랄. 그런 장소가 한 군데라도 있다면 내 눈을 가리고 다니겠소.

스토크먼 부인 모두들 지나치시군요. 도대체 이분들은 왜 당신을 배척하는 거예요?

스토크먼 (침통하게) 그 까닭을 얘기하지요. 그것은 이 고장의 모든 인간이 모조리……. 꼭 당신처럼 낡은 사상에 절은 아낙네 같기 때문이오. 모두 자기 집 살림 걱정이나 할 줄 알지 사회의 일은 생각하지 않기 때문이오.

스토크먼 부인 (남편의 팔꿈치를 잡으면서) 그렇군요. 그럼 제가 그 사람들에게 한 사람만은……. 단 한 사람의 낡은 사상에 절은 여편네가 경우에 따라서는 사내구실을 할 수 있다는 본을 보여주겠어요. 이제부터 저는 당신 편이에요.

스토크먼 말 잘해 주었소. 카트리네. 나는 맹세코 말하겠소. 세상에 발표하지 않고 물러설 수는 없노라고 말이오. 회합 장소가 없으면 북을 치며 이 고장 구석구석을 돌면서 거리 모퉁이도 좋으니 사람들을 모아 낭독할 작정이오.

시 장 너는 그런 미치광이 짓을 할 셈이냐?

스토크먼 하고말고요.

아스라크센 어디를 가든 당신 뒤를 따를 사람은 없을 것입니다.

빌 링 흥, 제기랄. 따라가는 자가 있다면 내 눈을 가리고 다니겠소.

스토크먼 부인 여보, 져서는 안 돼요. 우리 애들이 따라가겠지요.

스토크먼 그거 좋은 생각이오.

스토크먼 부인 몰텐은 특히 그런 짓을 좋아해요. 그리고 에일프 역시 뒤따라갈 거예요.

스토크먼 그리고 페트라도, 또 카트리네 당신도.

스토크먼 부인 아니에요, 아닙니다. 저는 따라가지는 않겠어요. 창가에 서서 당신이 떠나시는 모습을 보겠어요. 그런 일을 하겠어요.

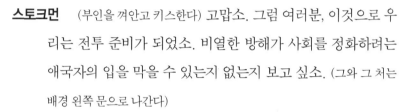

스토크먼 (부인을 껴안고 키스한다) 고맙소. 그럼 여러분, 이것으로 우리는 전투 준비가 되었소. 비열한 방해가 사회를 정화하려는 애국자의 입을 막을 수 있는지 없는지 보고 싶소. (그와 그 처는 배경 왼쪽 문으로 나간다)

시 장 (무엇인가 골똘히 생각에 잠기면서) 끝내 그 녀석은 마누라까지 미치게 만들었군.

제4막

홀스텔의 집, 넓고 고풍스러운 객실 안. 안쪽에는 활짝 열린 여닫이문으로 전면 복도에 이어짐. 오른쪽 벽에 나란히 창문이 셋. 창문 맞은편 벽 중앙에 연단이 있고 그 위에 작은 탁자, 촛불 둘, 물그릇, 컵이 놓여 있음. 객실은 창문과 창문 사이의 벽에 장치된 큰 촛대에 켜진 불로 밝게 밝혀짐. 앞 왼쪽에 촛불이 켜진 탁자 하나. 그 앞에 의자 하나. 오른쪽 앞에 출입문. 그 근처에 의자 두서넛이 놓여 있다.

각계각층의 시민들. 가운데 단 한 명의 부인. 그리고 초등학생도 보임. 그들은 안쪽의 출입문을 통해 객실 안으로 몰려 들어온다. 이윽고 객실은 입추의 여지없이 대만원을 이룬다.

시민 1 (자기 앞으로 다가오는 다른 시민에게) 오, 람스타트 씨. 오늘은 당신도 나오셨군요.

시민 2 나 말이오? 나는 민중 대회라면 한 번도 빠뜨린 일이 없는 사나이라오.

시민 1 당신은 호루라기를 가지셨소?

시민 2 물론이오. 그런데 당신은?

시민 3 뱃사람 에벤덴은 굉장히 큰 뿔피리를 메고 왔다지요?

시민 2 에벤덴 말이오? 그 사내는 좋은 사람이오? (군중 속에서 웃음 소리)

시민 4 (이 무리 속에 낀다) 그나저나 오늘 여기서 뭘 하오?

시민 2 스토크먼 선생께서 시장을 공격하는 연설을 한답니다.

시민 4 아니, 시장은 그의 형이 아니오?

시민 1 그게 무슨 상관이오. 스토크먼 선생은 그런 것에 구애받는 사람이 아니오.

시민 3 그런데 《민보》에는 선생이 잘못이라고 씌어 있던데.

시민 2 글쎄, 어쨌든 이번만은 정말로 선생이 잘못인가 봐. 왜냐하면 가주 조합은 물론 시민 그룹에서도 회장(會場)을 내주지 않는다고 하거든.

시민 1 온천장은 넓은 홀도 내주지 않았다고 하지 않소.

시민 2 그건 당연하죠.

어떤 남자 하나 (군중 속에서) 도대체 어느 장단에 춤을 추어야 할지 알 수 없거든.

시민 2 (같은 군중 속에서) 우리는 무조건 인쇄소의 아스라크센이 하는 대로 따라가면 되는 거야.

빌 링 (종이 끼운 것을 겨드랑이에 끼고 인파를 헤치며 들어온다) 여러분,

107

용서하십시오. 지나가게 해 주시오. 《민보》사 기자입니다. 고맙소. (좌측 탁자 옆에 앉는다)

노동자 하나　누구야, 저자는?

제2의 노동자　저자를 모르나? 바로 그 녀석이야. 아스라크센이 내는 신문에 글을 쓰는 빌링이라는 작자가 바로 저자야.

홀스텔이 스토크먼 부인 및 페트라를 안내하여 전경 오른쪽 문을 지나 방 안으로 들어온다. 에일프와 몰텐도 그 뒤를 따라 들어온다.

홀스텔　이 자리가 당신네 자리로서는 제일 좋습니다. 어떤 소동이 있더라도 즉시 손쉽게 빠져나갈 수 있지요.

스토크먼 부인　그럼 소동이 일어나리라 생각하세요?

홀스텔　잘 모르겠습니다. 하지만 많은 군중이 모인다면……. 어쨌든 마음 놓으시고 앉아 계십시오.

스토크먼 부인　(앉는다) 스토크먼에게 방을 내주신 친절에 감사드립니다.

홀스텔　아무도 내주는 사람이 없지 않습니까? 그래서…….

페트라　(나란히 앉는다) 용기가 대단하세요, 홀스텔 씨.

홀스텔　천만에요. 이런 일에 무슨 대단한 용기가 필요한가요? 대수롭지 않습니다.

호스타트와 아스라크센, 거의 동시에 각각 군중 속을 헤엄치듯 헤치고 나온다.

아스라크센 (홀스텔 곁으로 다가와서) 선생은 아직 도착하지 않았소?

홀스텔 저쪽에서 기다리고 계십니다. (안쪽 복도 입구에서 소란한 말
소리)

호스타트 (빌링에게) 시장이 온 것 같군. 가서 보고 오도록 해.

빌 링 네, 물론 시장이 도착했소. 내가 틀렸다면 제기랄, 내 눈을
가리고 말겠소.

스토크먼 시장, 조심스럽게 군중을 헤치고 다가온다. 일동에게 공손히
인사를 하고 왼쪽 벽에 기대어 선다. 거의 동시에 의사 스토크먼이 오른
쪽 문으로 들어온다. 그는 검정 옷(프록코트)에 넥타이, 조심조심 박수를
치는 두서너 명. 바로 위압하는 듯한 제지 소리에 뚝 그친다. 조용하다.

스토크먼 (작은 소리로) 카트리네, 형세는 어떻소?

스토크먼 부인 아주 좋아요. (한층 낮은 소리로) 당신 갑자기 혈기를
내서는 안 돼요. 화내지 마세요.

스토크먼 알았소. 염려하지 마오. 참는 방법을 알고 있소. (시계를 보
고 바로 연단으로 올라가 일동에게 고개 숙여 인사한다) 십오 분 늦었
습니다. 그럼 시작하겠습니다. (원고를 꺼낸다)

아스라크센 안 되오. 먼저 의장을 뽑아야 합니다.

스토크먼 아니요, 그럴 필요는 전혀 없소.

두서너 명의 신사　(고함을 친다) 뽑아야 하오, 뽑아야 하오!

시　장　내 소견으로도 사회자의 선거가 있어야 할 것 같소.

스토크먼　형, 나는 강연을 위해 이 집회를 연 것이오.

시　장　온천 의무관의 연설에 대해서 추측하건대 갖가지 다른 의견이 곳곳에서 있을 것으로 생각하오.

일동의 소란한 소리　(군중 속에서) 의장이다! 사회자를 뽑아라!

호스타트　공중의 전체 의사는 의장 선거를 요청하고 있습니다.

스토크먼　(자제하면서) 그럼 좋을 대로 하시오. 시민의 의사에 따르겠소.

아스라크센　시장, 시장께서 의장직을 맡아 주실 수 없겠습니까?

세 신사　(박수를 친다) 만세, 만세.

시　장　여러분께서 쉽게 추측하실 수 있는 이유로 인해서 본인은 사퇴하지 않을 수 없습니다. 그러나 다행히 이 자리에는 우리 일동이 만장일치로 승인할 수 있는 인물 한 분이 계십니다. 그 분은 바로 가주 조합 의장, 인쇄 공장주이신 아스라크센 씨입니다.

다수의 소리　옳소, 동감이오. 아스라크센 군 만세. 한번 크게 활동하시오, 아스라크센.

스토크먼　(원고를 들고 연단에서 내려온다)

아스라크센　동포 시민 여러분의 신뢰를 받은 이상 저는 사퇴한다고는 말씀드리지 않겠습니다.

박수갈채. 아스라크센, 연단에 등장.

빌 링 (종이에 쓴다) '인쇄 공장주 아스라크센 씨 갈채 속에 의장에
　　　선출되다'

아스라크센　여러분의 선출로 이 의자에 앉게 된 데 대해 두서너 가
　　　지 간단히 인사 말씀을 드리겠습니다. 저는 사려 깊은 절제를
　　　존중하고 평화와 온건을 가장 사랑하는 사람입니다. 특히 절
　　　제 있는 사려를 존중하는 바입니다. 이 사실은 적어도 저를 아
　　　는 모든 사람이 익히 아시는 일입니다.

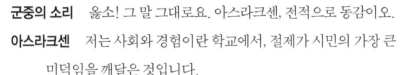

군중의 소리　옳소! 그 말 그대로요. 아스라크센, 전적으로 동감이오.

아스라크센　저는 사회와 경험이란 학교에서, 절제가 시민의 가장 큰
　　　미덕임을 깨달은 것입니다.

시 장　근청 바랍니다.

아스라크센　사회를 위해 가장 유익한 기능을 발휘하는 것은 오직
　　　깊은 사려와 절제입니다. 이 자리에 모이신 시민 여러분은 매
　　　사에 절제의 한도를 넘으시지 않도록 충심으로 당부하는 바입
　　　니다.

어떤 남자　(저쪽 문턱에서) 절제 조합 만세!

또 다른 소리　뭐야, 왜 떠들어?

다수의 소리　조용, 쉿.

아스라크센　여러분, 진정해 주십시오. 누구든 발언을 희망하시면?

시 장　의장.

아스라크센 시장 스토크먼 씨께 발언 허가를 합니다.

시 장 모두 익히 아시겠지만 현재 봉직중인 온천 의무관은 본인과 가까운 인척 관계에 있기 때문에 본인이 이 자리에서 발언을 삼가려는 입장을 취하려는 겁니다. 그러나 온천에 대한 본인의 직책상, 그리고 이 고장 전체의 이해관계에 관계되는 중대한 문제인 이상 마음을 정하고 감히 등장한 것입니다. 이 자리에 회동하신 시민 여러분 가운데 한 사람이라도 이 고장의 온천 및 고장 전체의 위생 상태에 관한 과장된 해괴한 보도가 세간의 유포되는 것을 원하시는 분은 계시지 않으리라 믿습니다.

다수의 소리 물론이오. 우리도 반대요.

시 장 때문에 본인은 온천 의무관이 제출한 본건에 관한 진술서의 낭독 내지 강연의 중지를 동의하는 바입니다.

스토크먼 (분개해서) 중지시키다니, 무슨 짓이오?

스토크먼 부인 (기침을 한다) 흠, 흠.

스토크먼 (터지려는 울화통을 간신히 억제한다) 중지시킨다는 것은…….

시 장 이미 본인이 《민보》 지면을 통해 공포한 진술서를 읽으신 사려 깊은 시민 제위께서는 스스로 판단하고 계실 줄 믿습니다. 앞서의 진술서로 이해하셨을 줄 압니다만, 의무관의 제의는 단순히 당 시(市)의 유력자에 대한 불신임 투표에 지나지 않을 뿐만 아니라 일반 납세자에게 십만 크로네의 무의미한 부담을 과하려는 것밖에는 아무것도 아닙니다.

여기저기 반대 의사 표시인 휘파람 소리.

아스라크센 (방울을 들어 흔든다) 제군, 진정하십시오. 나는 시장의 동
의를 지지하는 사람입니다. 의무관 스토크먼 씨의 개혁 운동
에는 깊은 저의가 있다는 시장의 의견에 동감입니다. 스토크
먼 씨는 표면에 온천장 문제를 내걸었으나 사실은 혁명을 기대
하는 것입니다. 즉 시정을 현임자 외의 다른 자 손에 넘기려고
획책하는 것입니다. 의사의 이 저의는 의심의 여지가 없는 명
백한 사실입니다. 시민 제위께서도 이 점을 인정하시는 데 이
의가 없으실 줄 믿습니다. 나 자신도 시정은 시민의 손에 의해
자치적으로 운영되기를 갈망하는 사람 중 하나입니다. 그러나
이것으로 인해 납세자의 부담이 가중되는 것은 원하지 않습니
다. 그러나 의사의 주장을 따르면 결과는 그렇게 되는 길밖에
없습니다. 바보천치 같은, 아차 이건 실례. 요약해서 말씀드리
자면 이 문제에 관한 한 스토크먼 씨와는 일을 함께 도모할 수
없다는 것입니다. 황금도 너무 비싸게 사들이는 경우가 있습
니다. 이건 어디까지나 제 의견입니다.

이곳저곳에서 요란한 갈채 소리.

호스타트 본인 역시 차제에 자신의 입장을 밝힐 필요가 있다고 생
각합니다. 스토크먼 씨의 개혁 운동에 처음에는 다소의 반향

이 있었던 걸로 알고 있습니다. 그래서 본인은 가능한 한 공평한 입장에서 후원을 한 건 사실입니다. 그러나 후일에 본인 등은 허위 보고에 농락을 당한 것을 알게 되었습니다.

스토크먼 그건 허위다.

호스타트 아니오. 잠깐, 말하자면 신빙성이 적은 보고서라고 해둡시다. 시장 각하의 성명은 바로 그 점을 밝히신 것입니다. 이 자리에 모이신 제위 중에서 본인의 자유주의를 의심하실 분은 한 분도 계시지 않으리라 믿습니다. 일체의 정치상 중대 문제에 임했을 때 《민보》가 취해 온 태도가 어떤 것이었던가에 대해서는 잘 알고 계시리라 믿습니다. 그러나 아무리 자유주의를 표방하는 신문이라고 할지라도, 순수한 지방적인 문제에 관해서는 어느 정도의 경계와 절제를 가할 필요가 있다는 점에 대해서는 경험 많고 사려 깊은 인사들의 의견을 기다릴 것도 없는 명백한 사실입니다.

아스라크센 본인 역시 연사의 의견에 동의합니다.

호스타트 결국 문제의 사건에 관해서는 여론이 스토크먼의 의사에 반대인 것이 명백합니다. 그런데 여러분, 이런 경우 신문 기자로서 다해야 할 분명하고 긴요한 의무가 무엇이겠습니까? 독자와 보조를 맞추는 일이 아닐까요? 독자의 이익을 위해 끝까지 노력하고 매진하는 것은 당연한 의무가 아닐까요? 아니면 본인의 생각이 잘못일까요?

다수의 소리 아니요, 그렇지 않소. 당신의 말이 맞소.

호스타트   실제로 본인으로서는 최근까지 그분과 가까이 지냈고 그분 댁도 자주 방문한 입장에서 그분과 손을 끊는다는 것은 몹시 괴로운 일입니다. 그분은 오늘날까지 시민 전체의 크나큰 호의를 받았던 것이나, 만약 그분에게 과오가 있다면 단 하나, 적어도 중요한 과오는 일의 처리에 있어서 이성에 의존하지 않고 감정적으로 나왔다는 것입니다.

두서너 사람 여기저기에서 나는 소리   옳소. 호스타트 군 만세.

호스타트   그러나 사회에 대한 본인의 사명감은 그분과 교분을 끊지 않을 수 없게 했습니다. 또 하나의 본인이 그분의 의견에 반대하고 잘못 발을 들여놓은 길에서 그분을 되돌아 나오게 하려고 한 것에는 또 다른 배려에서였습니다. 즉 그분의 가정에 대한 배려에서였습니다.

스토크먼   문제를 도수관과 배수조에 국한시키시오.

호스타트   그분 부인과 보호자를 잃은 아이들 일을 생각하면.

몰 텐   엄마, 우리 얘기를 하고 있어요.

스토크먼 부인   잠자코 있어요.

아스라크센   본인은 지금부터 시장의 발의를 표결에 붙이기를 동의합니다.

스토크먼   그럴 필요는 없소. 나는 이제 새삼스럽게 온천의 해독에 대해 입을 봉할 작정이오. 전혀 다른 문제를 얘기하려 하오.

시 장   (작은 소리로) 어? 웬일일까?

주정꾼   (출입구에 서서) 나도 납세자야. 따라서 나도 의견을 말할 권리가 있소. 내 분명하고 명확한, 의미심장한 의견은……

대여섯 사람의 소리 조용히 시켜라.

그 밖의 다른 사람들 저 녀석은 주정뱅이야. 내쫓아 버려.

주정꾼, 쫓겨 나간다.

스토크먼 발언을 해도 좋소?

아스라크센 (방울을 들어 흔든다) 스토크먼 씨의 발언을 허가하겠습니다.

스토크먼 나는 차라리 이삼 일 전에 오늘 밤과 같은, 내 입을 봉쇄하기 위한 계략을 전개해 주었더라면 더 좋았을 거라고 생각하고 있습니다. 나는 내 신성한 권리를 지키기 위해 사자처럼 분투했을 겁니다. 그러나 이제는 그럴 필요가 없게 되었습니다. 왜냐하면 그것보다 더 중대한 사실에 대해 이야기하지 않을 수 없기 때문입니다.

군중, 그의 주위에 몰려들어 둘러싼다. 몰텐 킬의 모습도 보인다.

스토크먼 (말을 계속한다) 나는 사나흘 동안 줄곧 무척 많은 문제를 생각했습니다. 너무나 여러 가지 문제를 생각했습니다. 그처럼 여러 가지 문제를 골똘히 생각하다 보니 나 자신은 내 머릿속이 소용돌이치는 물결처럼 혼란함을 느꼈을 정도였습니다.

시　장　(헛기침을 하면서) 흥.

스토크먼　그러나 지금은 모든 일을 조리 있게 판단할 수 있게 되었습니다. 지금 이 자리에 선 것도 그것 때문입니다. 시민 여러분, 나는 바야흐로 중대한 계시를 하려고 합니다. 나는 시민 여러분께 내 원대한 발견을 발표하려고 합니다. 이것에 비하면 우리 고장의 온천 도수관에 유독 성분이 들어 있다거나 당 시(市)의 보양지(保養地)가 병균의 소굴이라거나 하는 문제는 극히 사소한 문제입니다.

다수의 소리　(소리친다) 온천 이야기는 하지 마라. 그것이라면 집어치워. 이제 지긋지긋하다.

스토크먼　방금 말씀드린 대로 사오 일 이내의 중대 발견에 대해 말하려는 겁니다. 즉 우리들의 정신생활의 샘이 이미 무서운 독소의 침범을 받았다, 우리 전 사회가 허위라는 무서운 질병을 일으킬 가공할 땅에 기초를 두고 있다는 사실을 발견한 것입니다.

네댓 사람의 소리　(놀랍다는 듯이) 무슨 말을 하는 거야!

시　장　터무니없는 소리 집어치워라.

아스라크센　(방울을 집어 들고) 연사에게 경고합니다. 말을 삼가시오.

스토크먼　나는 고향을 사랑하는 어느 누구보다도 내가 태어난 이 고장을 사랑합니다. 내가 이 고장을 떠났을 때는 철모르는 소년이었습니다. 머나먼 타국에 떨어져 살고 있었으나 고국을 잊지 못하고 옛날을 그리워하는 정은 마치 하늘에 빛나는 밝은

117

빛처럼 이 고향 땅, 이 고향에 사는 여러분 곁으로 내 마음을 끌어당겼습니다.

박수갈채. 옳소, 찬성이오 하고 외치는 자도 있다.

스토크먼　　그 후 많은 세월을 나는 저 북쪽 끝의 어둠침침하고 무서운 동굴 속 같은 곳에 갇혀 살지 않으면 안 되었습니다. 그곳 바위투성이인 황야에서 때때로 인간의 모습을 구경하는 기회가 있을 때마다 나는 수의사로서 이런 적적한 곳에서 세상의 버림을 받고 외롭게 사는 것보다는 차라리 내 고향의 메마른 황야에서 사는 빈민의 자식으로 태어났더라면 얼마나 좋았을까 하고 생각했습니다.

중얼거리는 소리.

빌　링　　(펜을 놓고) 우리는 그런 넋두리를 들으러 온 것이 아니오.
호스타트　　존경받아야 할 서민층에 대한 중대한 모욕이오.
스토크먼　　좀 더 들어 보십시오. 나더러 타국에 살면서 고향 땅을 잊었다고 비난할 수 있는 사람은 있을 수 없다고 생각합니다. 나는 알을 품은 어미 거위 모양 가슴속에 어떤 생각을 따뜻하게 품어 키우고 있었습니다. 그 생각은 곧 온천 계획이었습니다.

갈채와 동의의 표시.

스토크먼 운명은 내게 행운을 가져다주었습니다. 나는 다시 그립던
고향 땅으로 돌아왔습니다. 그 당시 내게는 이 세상에서 단 한
가지 소망밖에 없었습니다. 그것은 내가 태어난 이 고향 땅을
위해, 그리고 고향 땅에 사는 주민들을 위해 도움이 되고 봉사
하고 싶다는 것, 이 소망 하나에 불타 있었습니다.

시 장 (허공을 바라보면서) 기묘한 작전을 쓰는데…….

스토크먼 이런 일념 때문에 나는 행복한 환상에 완전히 빠져 있었
지요. 그런데 어제 아침, 아니 정확하게 그저께 밤부터일 것입
니다. 나는 내 마음의 눈을 크게 떴습니다. 가장 먼저 내 마음
의 눈에 비친 것은 강권이란 서푼어치의 가치도 없다는 것이었
습니다.

또 떠드는 소리. 고함 소리. 웃음소리. 스토크먼 부인은 연방 헛기침을
한다.

시 장 의장.

아스라크센 (방울을 흔들면서) 본인의 직권으로…….

스토크먼 아스라크센 씨, 내 말에 하나하나 트집을 잡는 것은 비겁
한 처사요. 나는 단순히 나 자산이 온천 관리회의 수뇌자들의
손에 의해 말할 수 없이 문란 부패한 시정의 앙화를 입지 않을

민중의 적

수 없었다는 사실을 지적할 뿐입니다. 수뇌자라거나 유력자란 작자들은 한심한 무리입니다. 나는 그들이 뿌리고 있는 해독을 잘 알고 있습니다. 그들은 이제 겨우 어린 나무를 심은 숲 속에 양떼를 풀어놓은 것처럼 도처에 막대한 피해를 주고 있습니다. 자유인이 행동하려는데 그 길을 가로막고 있는 겁니다. 마치 해로운 야수를 처치하듯 자유인들을 뿌리 뽑을 방도를 궁리하는 데 골몰하고 있는 겁니다.

방 안이 소란해진다.

시 장 의장, 그런 발언을 허용하십니까?

아스라크센 (방울을 들고) 스토크먼 씨.

스토크먼 그 신사 나리들의 폐해를 이제야 겨우 알아차린 나 자신이 이상하게 생각됩니다. 왜냐하면 나는 매일 훌륭한 실례를, 즉 말귀를 알아듣지 못하며 편견에 사로잡힌 완고한 인간, 내 형 페텔을 보고 있었는데도 그 사실을 진작 깨닫지 못했으니 말입니다.

웃음소리, 고함 소리. 스토크먼 부인은 헛기침을 한다. 아스라크센, 방울을 사납게 흔든다.

주정꾼 (또 들어온다) 여보게, 자네가 방금 말한 것은 내 얘기인가?

틀림없군. 내 이름 페텔센이야. 하지만 제기랄, 나는 그런 인간이 아니란 말이야.

군중의 성난 함성　저 주정꾼 쫓아내라. 몰아내라.

또 쫓겨 나간다.

시　장　저자는 누구야?

곁에 있던 남자　모르겠군요.

또 다른 남자　저 녀석은 이 고장 사람이 아닙니다.

남자 3　듣기에는 목재상이라 합니다. 이 근처……. (뒷말은 들리지 않는다)

아스라크센　주정꾼치곤 꽤 똑똑한 녀석이군. 그럼 스토크먼 씨 계속해 주십시오. 다만, 절제는 지켜주시도록.

스토크먼　시민 여러분, 그렇다면 우리 고장의 '유력자' 이야기는 더 하지 않겠습니다. 그러나 방금 말씀드린 내 말은 내가 이 유력한 신사들을 타도하기 위한 목적으로 오늘밤의 회합을 가진 것으로 받아 주신다면 그건 큰 오해입니다. 거리가 너무나 멉니다. 오히려 나는 이처럼 썩어빠진 과거 사상의 유물들이 스스로 자기 운명을 재촉하고 있으며 최후를 향해 일로 달리고 있다는 유쾌한 확신을 가지고 있습니다. 일부러 의사를 불러 임종을 재촉할 필요는 없습니다. 그리고 사회에 실제로 해독을 주는 자는 그런 종류의 인간이 아닙니다. 우리들의 정신생활의 샘에 독을 풀고, 우리가 발을 딛고 있는 대지에 악역의 씨를 뿌리는 자는 그들이 아닙니다. 우리 사회에서 진리와 자유의 진정한 적은 그들이 아닙니다.

팔방에서 아우성 소리　그럼 누구야, 누구야? 이름을 대라.

스토크먼　좋습니다. 물론 이름을 대겠습니다. 이것이야말로 내가 어제 이룬 위대한 발견이니 말입니다. (소리를 한층 높여) 우리들의 진리와 자유를 해치는 가장 위험한 적은 바로 견실한 다수의 민중입니다. 그렇습니다, 그 밉살스러운, 제멋대로인 견실한 다수의 민중입니다. 이 외에는 없습니다. 이것이 내가 말하고 싶은 전부입니다.

방 안에서는 소동이 벌어진다. 대부분 청중은 아우성치며 발을 구르고 휘파람을 분다. 그중 대여섯 명의 장로처럼 보이는 신사들은 서로 눈짓을 해가며 이 장면을 흥미롭게 구경하고 있다. 스토크먼 부인은 근심이되어 자리에서 일어선다. 에일프와 몰텐은 고함치는 사람들과 학생들에게 위협을 주려고 다가간다. 아스라크센은 방울을 울리며 조용히 하라고 소리친다. 호스타트와 빌링 역시 함께 소리치지만 들리지 않는다. 소동이 가라앉는다. 평정이 회복된다.

아스라크센　의장으로서 연사에게 방금의 해괴한 발언의 취소를 요구한다.

스토크먼　결코 취소할 수 없소. 왜냐하면 내 자유를 박탈하고, 진리

122

를 말하려는 내 입을 봉하려고 한 것이 바로 그 다수자인 민중이었기 때문이오.

호스타트 다수는 언제나 정의의 편입니다.

빌 링 옳습니다. 진리의 편입니다. 이건 당연한 얘기입니다.

스토크먼 다수는 결코 정의의 편이 아닙니다. 결코라고 거듭 강조합니다. 그야말로 사회의 허위의 하나이며, 적어도 자유를 존중하고, 사려 깊은 인간이라면 이 허위와 싸우지 않으면 안 됩니다. 우리나라뿐만 아니라 외국의 경우도 그렇습니다. 도대체 다수의 정체는 무엇인지 아십니까? 그것은 현명하거나 아니면 어리석은 것입니다. 유감스럽게도 나는 우매한 무리들이 압도적인 다수의 집단을 형성해서 전 세계에 준동하고 있다는 생각에 동의하지 않을 수 없습니다. 생각해 보십시오. 어리석은 인간이 현명한 인간을 지배하는 것이 옳다는 진리가 도대체 어디에 있습니까?

민중의 적

고함 소리. 외치는 소리.

스토크먼 좋습니다. 좋아요. 고함치고 싶으면 멋대로 고함치십시오. 고함치는 것으로 나를 꺾을 수 있다면 해보십시오. 나를 굴복시킬 수는 없습니다. 다수에게는 힘이 있습니다. 불행하게도 말입니다. 그러나 그들에게는 힘은 있어도 정의는 없습니다. 정의의 소유자는 나입니다. 그리고 소수의 개인입니다. 소수는 언제나 정의입니다.

또다시 떠들썩한 고함 소리.

호스타트   허허허. 스토크먼 씨는 그저께부터 변절하셔서 귀족 당원
이 되셨습니까?

스토크먼   앞서도 말했지만 나는 이제 인색하고 고루하며 곧 숨이
끊어질 병자처럼 맥없이 우리의 갈 길에 쓰러져 있는 가엾은
집단을 위해서는 일언반구도 하지 않겠습니다. 맥동하는 생생
한 생활은 그런 집단 속의 인간들과 아무런 연관도 없습니다.
나는 우리나라의 극소수의 개성을 잃지 않는 사람들, 새롭고,
젊고, 움터 오르는 새싹같이 생생한 진리를 자기 것으로 받아
들일 줄 아는 사람들 편입니다. 이 사람은 견실한 다수가 도저
히 뒤따를 수 없는 아득히 먼 전방에 힘차게 서 있습니다. 그리
고 그 자리에서, 의식의 세계에 아주 젊고 팔팔하게 태어난 진
리를 위해 다수의 민중을 정복하려고 싸우는 것입니다.

호스타트   이건 놀랐는걸. 그럼 선생은 이번에는 혁명가가 되었소?

스토크먼   그렇소. 호스타트 씨, 나는 바로 혁명가 중 한 사람이오.
진리가 다수에게 속해 있다는 허위를 쓰러뜨리기 위해 나는 혁
명을 기도한 것이오. 도대체 다수를 에워싼 진리가 어떤 상태
에 있는지 생각해 본 적 있소? 그 진리는 장구한 세월 동안 써
먹었기 때문에 이제는 낡을 대로 낡아 빠졌소. 여러분, 진리도

그만큼 낡으면 그럴 듯한 허위가 되는 것입니다.

웃음소리. 조소하는 소리.

스토크먼 여러분이 내 말을 믿든 믿지 않든 그건 자유입니다. 그러
나 진리가 결코 많은 사람이 주장하듯 수명이 긴 메트세라(노아
의 선조)는 아닙니다. 정의에 기초를 둔 진리라고 할지라도 예
외 없이 십칠 년 아니면 십팔 년, 길어도 이십 년의 수명밖에는
없습니다. 이보다 긴 경우라면 좀처럼 없는 겁니다. 몇 세기를
우려먹은 진리란, 살이 모두 빠져 볼품없는 진리로 변합니다.
그런데 이 정도로 낡고 썩지 않으면 다수의 사람은 그 진리를
옹호하고 건전한 양식이라고 사회에 권장하지 않으려고 합니
다. 나는 확언합니다. 그런 진리에는 자양분은 하나도 없다고
말입니다. 이 점은 의사로서의 내 말을 믿어 주십시오. 낡아빠
진 진리란 모조리 해묵은 베이컨 같은 것입니다. 악취를 풍기
는 썩은 고기에 소금을 다시 쳐서 만들어 낸 햄 같은 겁니다.
사회를 부패시키는 정신상의 병원균 소굴이 되는 겁니다.

아스라크센 내가 보기에 명예 있는 연사께서는 주제 외의 얘기를 멋
대로 지껄이고 계시는 것 같소.

시 장 나도 의장의 말에 동감이오.

스토크먼 형, 당신이야말로 어딘가 잘못되신 것 같습니다. 나는 처
음부터 가능한 한 충실하게 문제의 설명을 하고 있을 뿐입니

125

다. 그 문제는, 즉 군중, 단체는, 쓸모없는 견실한 다수는 우리들의 정신생활의 샘물에 독을 푸는 존재란 것, 그리고 우리가 딛고 선 대지에 악의 씨를 뿌리는 존재라는 것입니다.

호스타트   그럼 당신은 위대한 독립된 다수의 단체가 사려 깊고, 승인된 진정한 진리에 충실하다는 점을 들어 공격하시는 겁니까?

스토크먼   호스타트 씨, 진정한 진리란 것과 같은 어리석은 말을 쓰지 않도록 하십시오. 다수의 사람에 의해 승인된 진리란, 우리 조부의 대(代)에 전선에 섰던 인간들이 승인한 진리란 것을 잊지 마십시오. 오늘날의 새 시대의 전선에 선 사람들은 그런 진리는 승인할 수 없습니다. 내가 믿는 바로는 어떤 사회일지라도 이제는 그런 낡고 공허한 진리 위에 서서는 건전한 생활을 영위할 수 없다는 것입니다. 이것만이 진정한 진리입니다.

호스타트   그런 애매한 이야기는 그만하시고, 우리가 딛고 서 있는 낡고 공허한 진리의 구체적인 보기를 들어 보이십시오.

대여섯 군데에서 찬성이라고 외친다.

스토크먼   그런 누더기의 견본을 주워 모으기로 하려면 한량없이 많습니다. 그런 가까운 이야기를 누구나 진리라고 받아들이고 있지만 실은 흉악한 허위이며, 그것을 알면서 호스타트 군, 《민보》 및 《민보》와 관계있는 모든 사람이 그것을 밥벌이 수단으로 삼고 있는 것입니다. 여기서는 그것만을 말하기로 하겠습니다.

126

호스타트　그게 도대체 뭐요?

스토크먼　그건 바로 당신네가 선조로부터 물려받은 가르침, 거의 비판 없이 세상에 퍼뜨리고 있는 것입니다. 즉 다수는 하층 군중의 국민의 정수다, 그들이야말로 진정한 국민이다, 라는 가르침입니다. 배우지 못하고, 교양 없는 평범한 인간이 사회의 일원으로서 뛰어난 지혜의 소유자인 소수 사람들과 동등하게 남을 재판하고 사람들에게 벌을 주고 정권을 맡아 남을 지배할 수 있는 권리가 있다는 가르침, 바로 그것 말입니다.

빌 링　제기랄, 저따위 말을 지껄이다니…….

호스타트　(빌링과 거의 동시에 소리친다) 시민 여러분! 방금 그 말을 기억해 주십시오.

군중의 화난 함성　아니, 그럼 우리는 국민이 아니란 말이야? 나라는 귀족이나 부자 녀석들만이 지배할 수 있단 말이야?

한 노동자　저따위 연설을 하는 녀석을 쫓아내자.

기타 다수　저 녀석을 내던져 버려.

한 시민　(외치면서) 에벤센, 뿔피리를 불게.

뿔피리 소리. 휘파람 소리와 요란한 외침이 방 안에 일어난다.

스토크먼　(소동이 다소 가라앉았을 때) 부디 냉정하게 생각해 보십시오. 여러분은 단 한 번이라도 진짜 진리의 소리에 귀를 기울여 보신 적이 있습니까? 나는 여러분한테 내 의견에 즉시 동의해 달라고 요구하지 않습니다. 그러나 적어도 호스타트 군만은 좀 더 냉정하게 생각하면 내 입장을 옹호해 줄 수 있는 사람으로 믿었습니다. 호스타트 군, 당신은 무종교를 표방하고 나선 사람이 아니오?

놀랍다는 듯한 속삭임과 웅성거림.

군중들 무종교주의자? 뭐라고? 호스타트가 신앙을 부인하는 사람이라고?

호스타트 (외친다) 증거를 대시오, 스토크먼 씨. 언제 그런 말을 문자로 쓴 적이 있습니까? 내가 활자로 인쇄한 적이 있단 말입니까?

스토크먼 (잠시 무엇인가 생각한다) 과연 그렇군요. 좋소. 그 생각을 글로 써서 보일 만한 용기가 당신에게 있을 까닭이 없소. 어쨌든 좋소, 호스타트 씨, 나는 당신을 난처하게 만들려는 것은 아니오. 그러니 나 자신이 무종교주의자로 해둡시다. 그건 그렇고, 자체에 학문적인 입장에서 말하고 싶은 것은 《민보》는 여러분에게 다수는, 또는 군중은 국민의 정수다라고 말하고 있지만 그것은 여러분의 코끝을 잡아 멋대로 끌고 다니려는 비열한 수단에 지나지 않습니다. 결국 그것은 신문의 거짓이란 것에 불과합니다. 다수란, 말하자면 살아 있는 재료에 지나지 않습니다. 그 재료를 닦고 다듬어 참다운 민중을 만들어 내지 않으면 안 됩니다.

중얼거림, 웃음소리, 제지하는 소리가 객실 가득히 퍼진다.

스토크먼　이 말은 다른 동물에게도 적용됩니다. 동물을 보십시오. 길들인 동물과 길들이지 않은 동물 사이에는 어떤 차이가 있을까요? 우리 농가에서 기르는 암탉을 보십시오. 뼈만 앙상한 그 닭고기에서 무슨 영양분을 섭취할 수가 있겠습니까? 영양분이란 한 푼 어치도 없습니다. 그 닭이 낳은 계란 꼴은 참으로 비참합니다. 메추리알이 차라리 나을 겁니다. 그런데 개량종인 에스파니아, 그리고 일본종의 암탉, 꿩, 칠면조를 보십시오. 얼마나 큰 차이가 있는지 알 수 있을 겁니다. 또 우리와 친근한 개를 보십시오. 저 흔한 잡종 들개를 살펴보기로 합시다. 이건 아무 곳이나 하수구를 뒤지고 다니며 한길가의 담장에 불결한 것을 배설하는 더러운 들개를 말하는 겁니다만, 이런 잡종 들개와 귀족적 혈통을 몇 대에 걸쳐 이어받아 발육한 프텔 종 삽살개, 맛좋은 음식을 배불리 얻어먹고, 늘 부드러운 주인의 말소리와 음악을 들으며 자라온 개와 비교해 보십시오. 프텔 종 삽살개의 머리는 들개의 그것과 어느 모로 보나 비교할 수 없이 발달했다는 것을 알 수 있을 것입니다. 그렇습니다, 이것은 의심의 여지없는 사실입니다. 잘 길들인 프텔 종 삽살개는 요술쟁이가 자유자재로 조종해서 신기한 재주를 부리게 할 수도 있습니다. 그러나 농가의 흔한 잡종개를 아무리 길들인다고 해도 도저히 그런 재주를 부리는 걸 기대할 수 없습니다.

민중의 적

웅성거림과 웃음소리가 들린다.

어느 시민 (고함친다) 자네는, 이번에는 우리를 개로 취급하려는 건가?

다른 남자 하나 선생, 우리는 동물이 아니오.

스토크먼 그렇지 않습니다. 우리는 동물입니다. 우리가 아무리 원하지 않는다고 해도 서로가 모두 동물인 것은 어쩔 수가 없습니다. 그러나 우리들 가운데 다소 귀족적인 동물이 섞여 있는 것만은 사실입니다. 인간 중의 삽살개와 인간 중의 들개의 차이가 크다는 것에 놀라지 않을 수 없습니다. 그런데 기묘한 것은 호스타트 군은 이야기가 동물에 한정되었던 동안은 내 의견에 동의했던 것입니다. 그러나…….

호스타트 그렇소. 그 정도 얘기라면 별로 잘못된 것은 없지 않습니까?

스토크먼 지당한 얘기요. 그러나 그 동물 얘기를 두 발 동물인 인간에 적용하자 호스타트 군은 갑자기 변해 버렸다는 점입니다. 그 즉시 자신의 주장을 철회해 버렸다는 말입니다. 자신의 사상을 중도에서 깨끗이 포기해 버린 것입니다. 자신이 지지해 오던 주의를 남김없이 버리고 《민보》지상에다 농가의 암탉도, 하수구를 뒤지는 들개도 훌륭한 동물의 표본입니다라고 주장하기에 이른 것입니다. 몸 마디마디 평민 근성이 굳어 있는 한, 그리고 정신적 향상을 꾀하지 않는 한 언제나 이 모양 이 꼴입니다.

호스타트   나는 그런 향상을 요구하지 않습니다. 나는 원래 보잘것 없는 농부의 아들로 태어났습니다. 당신은 이 자리에서 하층 계급을 모욕하고 있습니다만 나는 당신이 모욕하는 하층 계급에 깊숙하게 뿌리박고 있는 나 자신을 자랑스럽게 생각합니다.

노동자들   호스타트 만세! 만세! 만세!

스토크먼   내가 말하는 그 평민 근성을 가진 자가 반드시 하층 계급에만 존재하는 게 아닙니다. 우리 주위를 둘러보아도 그런 자들이 우글거리고 있습니다. 개중에는 사회의 최상층까지 기어 올라간 자도 있습니다. 가까운 예가 바로 저기 의젓하게 앉아 계시는, 존경하는 시장 각하를 보아주십시오. 내 형 페텔은 두 발에 신을 신고 다니는 다른 인간과 조금도 다른 점이 없는 평민입니다.

웃음소리, 이를 나무라는 소리.

시 장   나는 그런 인신공격에 항의하는 바요.

스토크먼   (태연하게) 그러나 그것은 시장이 나와 똑같이 포메라니아 인지 어딘지에서 물려받은 옛날 무뢰한 해적의 자손이어서 그런 것은 결코 아닙니다. 내가 알기로 내 조상은 그런 해적이었답니다.

시 장   믿을 수 없는 전설이야. 그건 전혀 근거 없어.

스토크먼 내가 시장을 평민이라고 말하는 것은 다름이 아니라 만사에 상관의 생각을 그대로 따라 생각하기 때문입니다. 자기 생각이 없이 늘 윗사람의 생각을 그대로 받아들여 자기 생각인 양 행세하는 그런 인간은 정신적으로 완전히 천민입니다. 따라서 위대해야 할 형 페텔은 조금도 위대하지 않습니다. 동시에 이것은 그가 자유의 적이라고 지목을 받은 이유이기도 합니다.

시 장 의장.

호스타트 그렇다면 이 나라에서 위대한 인간은 자유주의자뿐이란 말입니까? 꽤 참신한 계시로군요.

웃음소리.

스토크먼 그렇소, 이것 역시 내 발견의 일부요. 이런 의견이 있을 법합니다. 즉 사상의 자유란 거의 도덕적 관념과 일치한다는 것입니다. 때문에《민보》지가 매일 자유주의와 도덕적 관념을 소유하고 있는 것은 군중이나 천민이며 견실한 다수라고 얼토당토하지 않은 선전을 일삼고 있는 것을 결코 용납할 수 없는 중대한 죄악입니다. 그리고 또 악덕과 부패와 온갖 정신적 불결은 발달된 문화가 빚어내는 것이라면 이것은 마치 온천장에 쏟아져 들어오는 온갖 부패물이 물방앗간 골짜기의 가죽 공장에서 흘러 들어오는 것과 같이 도저히 용납할 수 없는 죄악입니다.

132

소란한 고함 소리, 이를 제지하는 소리.

스토크먼 (태연하게 미소를 지으며 열중한다) 또한 그 《민보》가 해괴하게도 다수 민중을 한층 높은 생활의 수평으로 향상시키는 방법을 논하고 있으니 이것 또한 앞뒤가 맞지 않는 기묘한 일입니다. 만약 《민보》가 주장하는 길이 민중을 향상시키는 올바른 길이라고 가정한다면 《민보》가 말하는 민중의 향상이란 도리어 민중을 타락의 수렁 속으로 밀어 넣는 것밖에 되지 않습니다. 그러나 다행히 문화가 도덕을 해친다는 생각을 낡은 인습적인 거짓 선전에 지나지 않습니다. 도리어 악마 같은 못된 짓을 행하는 것은 세간의 어리석음과 빈궁과 하급 생활에 있습니다. 통풍이 안 되는, 매일 청소도 하지 않는 불결한 집안—내 처는, 마루는 매일 닦지 않으면 안 된다고 주장합니다만, 이렇게까지는 할 수 없다고 하더라도 말입니다—이런 불결한 집에서 살면 이삼 년이 지나기 전에 인간은 도덕적으로 생각하고 행동하는 힘을 잃고 맙니다. 산소의 결핍은 양심을 마비시킵니다. 그런데 내가 보기에 이 고장의 가정 태반에 극히 희소한 산소밖에 없는 것 같습니다. 때문에 우리 견실한 다수가 하등의 양심도 없으며 이 고장의 장래를 허위와 사기의 진흙탕 위에 세우려 하는 겁니다.

아스라크센 사회 전체에 대한 이처럼 난폭하고 모욕적인 발언을 언제까지 계속시키라는 법은 없습니다.

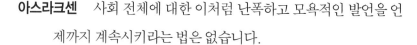

민중의 적

어느 신사 하나   의장은 연사에게 발언 중지를 명할 것을 제의합니다.

노한 목소리   옳소, 옳소. 그 말이 옳소. 중지시키시오.

스토크먼   (흥분해서) 그렇다면 나는 길모퉁이, 네거리 할 것 없이 장소를 가리지 않고 진리를 선전하겠습니다. 그리고 다른 신문에도 내겠습니다. 전국 방방곡곡에 사건의 진상을 알리겠습니다.

호스타트   그렇다면 학사님의 목적은 이 고장을 파멸시키는 데 있다고 생각할 수밖에 없군요.

스토크먼   그렇소, 나는 내가 태어난 이 고장을 사랑합니다. 따라서 내 고장이 허위 위에서 번영하는 것을 보는 것보다는 차라리 멸망을 바랍니다.

아스라크센   제법 큰소리치는군.

떠들썩한 소리. 휘파람 소리. 스토크먼 부인이 아무리 헛기침을 해도 효험이 없다. 이제는 의사도 그녀에게 주의를 기울이지 않는다.

호스타트   (소란 속에서 고함친다) 전 사회의 멸망을 원하는 자는 동포 시민이 적이오.

스토크먼   (더욱 흥분해서) 허위의 사회가 멸망하는 것이 뭐 그다지 대단하단 말이오. 하루속히 송두리째 무너져 버려라. 허위 위에 사는 자들은 모두 독충처럼 구제하지 않으면 안 돼요. 이대로 방치하면 순식간에 전국에 그 해독을 퍼뜨리고 말 것이오. 만약 그 해독이 전국에 번진다면 나는 외치겠소. 이 나라를 멸망시켜라. 그 국민을 모조리 쓸어 버려라 하고!

어느 남자 하나 (군중 속에서) 뭐야, 저 녀석 마치 민중의 적 같은 말투잖아.

빌 링 제기랄, 방금 들린 그 말이 민중의 소리가 아니라면 눈을 가리고 다니겠다.

회중 전원 (고함친다) 옳소, 옳소! 저자야말로 민중의 적이다. 저자는 자기 조국을 저주하고 있다. 민중 전체를 저주했다.

아스라크센 이 고장의 주민으로서 또 일개 개인으로서 오늘밤 뜻하지 않게 듣지 않을 수 없었던 얘기에 본인은 깊은 감동을 받았습니다. 스토크먼 의사는 본인이 도저히 상상할 수 없는 방법으로 자신의 정체를 유감없이 폭로했습니다. 본인으로서는 유감스럽기는 하지만 존경하는 시민 제위께서 발표하신 의견에 동의하지 않을 수 없습니다. 그래서 온천 의무관 의사 토머스 스토크먼이 민중의 공공의 적임을 선언합니다.

민중의 적

우레 같은 박수갈채. 많은 군중, 의사 둘레에 둥글게 모여 서서 휘파람으로 면박을 준다. 스토크먼 부인과 페트라가 일어선다. 몰텐과 에일프는 욕설을 퍼붓는 초등학생과 싸움을 시작한다. 어른 두서넛이 뜯어말린다.

스토크먼 (민중을 향해 욕설을 퍼부으면서) 너희들이 어리석은 거야. 나는 분명히 말하지만……

아스라크센 (방울을 흔들면서) 의사는 발언권을 상실했습니다. 결의는 정식 투표 방식에 의해 진행하겠지만 각자의 감정을 존중해서 무기명 투표로 하겠습니다. 빌링, 백지 가진 것 없소?

빌 링 파란 종이와 흰 종이가 있습니다.

아스라크센 안성맞춤이오. 그만큼 시간 절약을 할 수 있소. 그 종이를 잘게 잘라 주시오. 좋소. (회중을 향해) 파란 종이는 반대, 흰 종이는 찬성으로 하겠습니다. 본인이 돌면서 표를 모으겠습니다.

시장, 방에서 나간다. 아스라크센과 두서너 명이 모자 속에 표를 받아 모은다.

신사 하나 (호스타트에게) 도대체 저자는 어떻게 된 작자요? 어떻게 하자는 거요?

호스타트 글쎄요, 보시는 바와 같이 정신이상입니다.

다른 신사 (빌링에게) 자네는 저 작자 집에 자주 출입했지? 저 녀석 술꾼이 아닌가?

빌 링 글쎄요, 뭐라고 하면 좋을지. 누구든 방문하면 꼭 종려주 대접을 합디다만.

제3의 신사 내가 보기에 저자는 때때로 머리가 이상해지는 것 같군.

처음 신사 아마 정신병 혈통이 있는 게 아닐까?

빌 링 글쎄요, 그럴지도 모르겠어요.

제4의 신사 아닐세, 단순한 악의일 거요. 혹시 누구에게 어떤 복수를 하려는 게 아닐지.

빌 링 그렇게 말씀하시니 생각이 납니다. 언젠가 월급을 인상해 달라고 한 적이 있었습니다. 그러나 그 요구는 받아들여지지 않았지요.

신사 일동 (동시에) 오, 이제 알겠군.

주정꾼 (군중 속에서) 나는 파란 종이를 받겠네. 그리고 흰 종이도 주게.

대여섯 사람 또 주정꾼이 왔군. 끄집어내 버려.

몰텐 킬 (의사에게 다가와서) 스토크먼 군, 자네 쓸데없는 장난을 치다가 큰코다치지 않나?

스토크먼 내 의무를 다했을 뿐입니다.

몰텐 킬 물레방아 골짜기의 가죽 공장이 어쩌고저쩌고 했다니 그게 무슨 일인가?

스토크먼 제 말을 들으셨지요? 독이 섞인 물은 모두 그 물레방아 골짜기의 공장에서 나왔습니다.

몰텐 킬 내 공장에서도 나온단 말인가?

스토크먼 안되었습니다만, 아버님 공장이 가장 심합니다.

몰텐 킬 그것을 신문에 폭로하겠단 말인가?

스토크먼 누가 되었든 용납할 수 없습니다.

몰텐 킬 스토크먼, 조심하게, 큰코다치기 전에. (밖으로 나간다)

뚱뚱한 신사 (홀스텔 앞으로 다가간다. 홀스텔 곁에 있는 스토크먼 부인에게는 인사를 하지 않는다) 그런데 선장, 당신은 민중의 공적(公敵)에게 집을 제공했군.

홀스텔 저로서는 자기 소유물을 어떻게 쓰든 자기 자유로 생각합니다만.

신 사 좋소, 그럼 내가 자네 방식대로 해도 불만은 없으렷다.

홀스텔 그게 무슨 뜻이죠?

신 사 내일이면 알게 돼. (등을 돌리고 나간다)

페트라 홀스텔 씨, 방금 그이는 당신이 타는 배의 선주가 아니에요?

홀스텔 그래요, 대부호 비크 씨입니다.

아스라크센 (투표용지를 양손에 들고 연단에서 방울을 울린다) 여러분, 이제부터 투표 결과를 발표하겠습니다. 단 한 사람을 제외하곤 투표자 전원은······.

젊은 신사 그 한 명은 바로 주정뱅이 녀석이다.

아스라크센 결국 주정뱅이 한 명을 제외하곤 오늘의 시민대회는 만장일치로 온천장 의무관 의사 토머스 스토크먼이 민중의 공적임을 선언합니다. (박수갈채) 우리 유서 깊고 아름다운 이 고장을 위해 만세 삼창을 하겠습니다. (만세 소리) 그리고 우리의 유능하고 근면하시며 공익을 위해 일가(一家)의 정실을 과감히 포기하신 시장 각하에 대해 만세 삼창을 하겠습니다. (만세 소리) 이것으로 산회하겠습니다. (연단에서 내려온다)

빌 링 의장을 위한 만세를 부르겠습니다.

일 동   아스라크센 만세.

스토크먼   페트라, 내 모자와 외투를 다오. 그리고 선장, 아메리카 행
　　　　　배에 빈방이 있겠지?

홀스텔   당신과 댁 가족을 위해 방을 마련하겠습니다.

스토크먼   (페트라가 외투를 입혀 주고 있는 사이에) 카트리네, 어서 와요.
　　　　　얘들아, 가자. (그의 팔을 부인한테 내민다)

스토크먼 부인   (낮은 소리로) 여보, 뒷문으로 나갑시다.

스토크먼   그게 무슨 말이오. 뒷문으로라니? (큰 소리로 외친다) 그가
　　　　　구두에 묻은 흙을 털기 전에, 이 민중의 적이 하는 말을 들어 보
　　　　　시오. 나는 옛날의 어떤 정직한 사람처럼 '그대를 용서하리라.
　　　　　그대들은 스스로 할 일이 무엇인가를 모르고 있었기 때문에'라
　　　　　고는 말하지 않겠소.

아스라크센   (외친다) 그런 불경스런 말이 어디 있소?

빌 링   천만에, 이건 성실한 인간으로서는 도저히 참을 수 없는 일
　　　　　이오.

거친 음성   더욱이 우리를 위협하기까지 한단 말이야.

노한 부르짖음   저자의 집 창문을 모조리 쳐부수자. 저 녀석을 바다
　　　　　속에 처넣자.

어떤 남자   (군중 속에서) 에벤센, 어서 뿔피리를 불게. 어서 불어. 어
　　　　　서, 빨리.

　　　뿔피리 소리, 휘파람 소리, 난폭한 부르짖음. 의사와 가족은 출입문 쪽

민중의 적

139

으로 간다. 홀스텔, 길을 터 준다.

일 동 (그들의 등 뒤에서 퍼붓는다) 민중의 적! 민중의 적! 민중의 적!
빌 링 (노트를 치우며) 제기랄, 오늘 밤 스토크먼 집에서 종려주를 마신다면 눈을 가리고 다니겠다.

군중들은 출입구 쪽으로 밀려간다. 실내의 고함 소리는 밖의 함성과 하나가 된다. 거리에서 '민중의 적, 민중의 적' 하고 외치는 소리가 들린다.

제5막

스토크먼의 서재. 벽면에는 책장과 갖가지 표본류가 든 유리창을 끼운 진열장. 안쪽에는 전면 복도와 이어지는 출입구가 있다. 앞의 좌측에는 거실로 통하는 문. 우측 벽에는 창문 둘. 창문의 유리는 산산이 부서져 있다. 방 중앙에 스토크먼의 사무용 책상 하나. 책과 서류가 가득 쌓여 있다. 실내는 어지럽혀져 있다.

오전. 의사 스토크먼. 잠옷에 덧신, 머리에는 실내모. 허리를 구부리고 양산 끝으로 진열장 밑을 뒤적이고 있다. 이윽고 돌 한 개를 찾아낸다.

스토크먼　(열려 있는 거실로 통하는 문을 통해 얘기한다) 카트리네, 또 하나 찾았다.

스토크먼 부인　(거실에서) 아직도 많이 있을 거예요.

스토크먼　(책상 위의 돌무더기 위에 또 하나 쌓는다) 나는 이 돌멩이를 신성한 유품으로 남겨 둔다. 에일프와 몰텐은 매일 이것을 바라

보도록 해라. 내가 죽으면 유산은 이 돌멩이다. (책상 밑을 뒤지며) 그런데, 그 아이 이름이 뭐더라? 그 하녀 애…… 아직 유리 가게에 가지 않았나?

스토크먼 부인 (서재로 들어와) 다녀왔어요. 하지만 유리 가게에서는 오늘 중으로 와 줄 수 있을지 없을지 확답을 하지 않더라는 거예요.

스토크먼 형편 얘기를 자세히 하면 와 주지 않을 리 없을 텐데.

스토크먼 부인 란지네 말론 이웃의 눈이 두려운 것 같다고 하던데요. (거실 출입구에서 밖을 향해 말한다) 란지네, 뭐니? 좋아요. (밖으로 나간다. 바로 돌아온다) 여보, 편지 왔어요.

스토크먼 어디, 이리 줘요. (겉봉을 뜯고 읽는다)

스토크먼 부인 어디서 왔어요?

스토크먼 집주인한테서요. 가옥 명도 청구 통지요.

스토크먼 부인 설마, 그런 좋은 분이…….

스토크먼 (편지를 읽으며) 어찌 할 도리가 없다는 거요. 이런 짓을 하기는 싫지만 달리 어떻게 할 도리가 없다, 동료 사이의 체면과 여론을 존중하는 의미에서 자의로 할 수 없는 위치에 있다, 윗자리의 세력가와 맞설 수 없노라고 씌어 있소.

스토크먼 부인 보세요. 어때요, 여보.

스토크먼 알겠소, 알겠소. 잘 알고 있소. 그 녀석들은, 이 고장 녀석들은 모조리 겁쟁이들뿐이오. 다른 사람의 눈치가 두려워 아무 일도 할 수 없는 못난이들뿐이오. (편지를 책상 위에 집어 던진

다) 어찌 되었든 우리에게는 똑같은 일이야. 이제 아메리카로 떠날 준비나 하기로 하자. 그리고 뒷날 일은……

스토크먼 부인   그렇지만 외국으로 나가겠다는 당신 생각은 과연 옳은 것일까요?

스토크먼   하지만 모두 떼지어 나를 민중의 적으로 만들어 창피를 주었을 뿐 아니라 낙인을 찍은 후에 창문까지 때려 부수는 이런 곳에 눌러 살 재간이 있겠소? 카트리네, 이것 봐요. 녀석들은 내 검정 바지에도 구멍을 뚫었소.

스토크먼 부인   이게 웬 꼴이람. 이것은 단벌 바지예요.

스토크먼   진리와 자유를 위해 싸움터로 나가는 자가 최고급 바지를 입고 간 게 잘못이지. 언제든 꿰매면 되오. 하지만 아무리 한들 유상무상(有象無象)의 고물 같은 녀석들이 나를 동등한 인간으로 취급하고 공격을 가하다니……. 이것만은 죽어도 참을 수 없는 일이오.

스토크먼 부인   옳은 말이에요. 그들은 당신께 너무나 혹독한 짓을 했어요. 그렇다고 바로 이 나라를 버리고 떠날 필요가 있을까요?

스토크먼   당신은, 다른 고장 평민들은 이 녀석들보다는 나을 줄 아오? 천만에. 모두 똑같소. 오십 보 백 보일 거요. 좋소, 들개 녀석 실컷 짖도록 내버려두시오. 하지만 이 정도는 아직 약과요. 더 곤란한 것은 어느 나라에 가든 당파의 노예가 아닌 자가 단 한 놈도 없다는 거요. 자유의 나라라는 서방의 나라도 이 점에서는 이곳과 다를 게 없을 거요. 견실한 다수자니, 공명선거니,

여론이니 하는 쓸데없는 것들이 역시 그 나라에서도 판을 치고 있다는 거요. 그리고 일은 이곳보다 더 크게 벌어질지도 모르오. 자칫 잘못하면 살해당할지도 모르오. 하지만 그쪽에서는 사람을 죽이되 여기 녀석들처럼 놀림감을 만들어 서서히 말려 죽이지는 않소. 이 나라 인간들처럼 자유의 전신을 고문대에 올리는 참혹한 짓은 하지 않을 거요. 그리고 이런 것들을 피해서 살 수도 있을 거요. (방 안을 이리저리 걷는다) 원한다면 인기척 드문 태곳적 숲 속이나, 남쪽 바닷가 작은 섬 같은 걸 헐값으로 사서 보금자리를 꾸밀 수도 있을 거요.

스토크먼 부인   하지만 애들은?

스토크먼   (발을 멈춘다) 카트리네, 당신은 그런 어리석은 생각만 하오. 이런 나라에서 자식을 기르는 게 좋다고 생각하오? 깊이 생각해 보구려. 바로 어젯밤에 목격하지 않았소? 인간의 반은 손댈 수 없는 미치광이요. 나머지 반은 지각을 잃지 않았다고 칩시다. 하지만 이 자들은 잃으려야 잃을 지각조차도 없는 야수들이오.

스토크먼 부인   하지만 당신도 어젯밤에는 좀 지나친 말을 하셨어요.

스토크먼   뭐요? 그럼 내 말이 진실이 아니란 말이요? 그자들은 모든 관념을 거꾸로 뒤집어 생각하고 있소. 그들은 정의와 불의를 한 군데 섞어 생각하고 있는 거요. 그자들은 내가 말한 일체의 진실을 도리어 거짓이라고 비난했지 않소. 꼴불견인 것은 틀림없는 들개 녀석들이 스스로 자유주의자를 자처하고 나야

말로 진정한 자유의 벗이자 수호자라고 타인의 인정을 받으려고 떠드는 꼬락서니요. 이럴 수가 있소?

스토크먼 부인   네, 그 점에는 저도 동감이에요. 하지만…….

페트라, 거실에서 서재로 들어온다.

스토크먼 부인   벌써 학교가 끝났니?

페트라   아니에요. 저는 학교에서 면직됐어요.

스토크먼 부인   뭐, 면직?

스토크먼   너까지?

페트라   브스크 부인이 알려 주셨어요. 그래서 전 빨리 물러서는 게 좋을 거 같아서 일찍 돌아왔어요.

스토크먼   잘했다.

스토크먼 부인   그랬구나. 하지만 나는 브스크 부인이 그럴 줄은 생각하지도 않았단다.

페트라   엄마, 브스크 부인 잘못이 아녜요. 퍽 딱하게 여기고 있는 걸 저는 잘 알아요. 그분은 달리 방도가 없다고 하시더군요. 그래서 결국 면직된 거예요.

스토크먼   (웃으면서 두 손을 비빈다) 그분으로서도 어찌할 도리가 없었다는 말이지? 그분도 마찬가지였다는 말이지. 거 재미있는데.

스토크먼 부인   그럴 거예요. 어젯밤의 그 무서운 소동이 끝이니 말이에요.

145

페트라　그것뿐만이 아니에요. 아빠는 어떻게 생각하세요? 아빠…….

스토크먼　응?

페트라　브스크 부인이 오늘 아침에 받았다면서 편지 세 통을 보여 주셨어요.

스토크먼　물론 익명이겠지.

페트라　네.

스토크먼　아마 떳떳이 이름을 밝히지 못할 거다.

페트라　그중 두 통의 편지에는 우리 집에 자주 놀러 오시는 어느 신사가 어젯밤에 그룹에서 한 말이라면서, 제가 극단적인 위험한 사상의 소유자라고 씌어 있더군요.

스토크먼　너는 그것을 부인하지는 않겠지?

페트라　물론이에요. 하지만 브스크 부인 역시 우리들끼리 있을 때에는 꽤 진보적인 의견을 말하는 사람이에요. 그런데도 제 문제가 생기자 함께 휩쓸리기를 두려워하고 시치미를 떼더군요. 그럴 만한 용기가 없었던 거예요.

스토크먼 부인　집에 자주 다니던 사람들까지 모두 그런 짓을 하다니. 여보, 당신의 극진한 손님 대접의 결과가 이렇군요.

스토크먼　어쨌든 이런 돼지우리에 오래 머물러 있을 순 없소. 빨리 짐을 꾸려요. 떠나자, 빠를수록 좋아.

스토크먼 부인　잠깐, 복도에서 인기척이 나는군요. 페트라, 나가 보아라.

146

페트라   (문을 열고) 어머, 홀스텔 씨, 어서 들어오세요.

홀스텔   (전면 복도에서 들어온다) 안녕. 별고 없었는지 알아보고 싶어서 들렀습니다.

스토크먼   (악수한다) 고맙소. 폐가 많았소.

스토크먼 부인   홀스텔 씨, 폐가 많았어요.

페트라   그 후 용케 돌아가셨군요.

홀스텔   아닙니다. 별일 없었습니다. 이래봬도 꽤 똑똑한 편이랍니다. 그리고 그 사람들은 쓸데없이 떠들어 대는 것밖에는 모르는 녀석들이니까요.

스토크먼   옳은 말이오. 돼지 같은 겁쟁이들 소행에는 놀라지 않을 수 없었소. 이리 오시오. 보여 줄 게 있소. 여기, 이게 바로 그 자들이 던진 돌멩이요. 그런데 놀라지 않을 수 없는 것은 이 많은 돌멩이 속에 돌은 겨우 둘밖에는 없으니 말이요. 나머지 모두 모래알 같은 작은 돌이오. 아니, 모래알이라고 하는 게 옳겠죠. 그자들은 이 창 밑에까지 몰려와서 나를 반죽음을 만들겠다고 떠들어 댔소. 그런데 그들이 실제로 한 짓을 보면 겨우 이 정도요.

홀스텔   하지만 이번에는 운이 좋았다고 보아야지요.

스토크먼   물론 운이 좋았소. 그러나 불쾌한 것은 매일반이오. 이게 나라와 나라 사이의 전쟁이라면 그 여론 같은 건 혼비백산 자취를 감출 것이고, 이른바 견실한 다수 역시 양 떼처럼 흩어져서 앞을 다투어 달아나 버릴 거요. 이렇게 생각해 보면 비애가

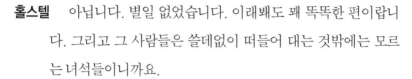

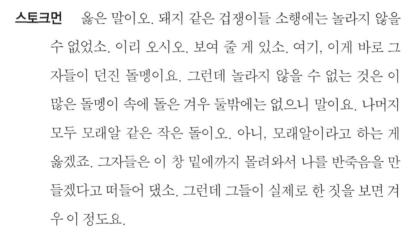

민중의 적

147

복받쳐 오른다는 말이오. 하지만 이제는 될 대로 되라고. 그런 것을 생각하는 내가 도리어 어리석은 거니, 그자들은 나더러 민중의 적이라고 했소. 좋소, 그렇다면 민중의 적이 될 뿐이오.

스토크먼 부인 결코, 결코 그렇게 될 리가 없어요, 여보.

스토크먼 그런 억지 말은 하지 말아요. 오명이란 바늘로 허파를 찔린 것 같은 아픔을 주는 거요. 나는 방금 내가 한 울화가 치미는 말을 잊을 수 없을 거요. 내 가슴 명치 밑에 도사리고 앉아 독한 산(酸)처럼 가슴을 태울 거요. 마그네슘 같은 제산제를 쓴다고 해도 아픔은 가시지 않을 거요.

페트라 아빠는 쓸데없는 생각에 사로잡혀 계시는군요. 그까짓 것은 웃어 버리면 그만이에요.

홀스텔 세상 사람들의 생각이란 달라지기 마련입니다.

스토크먼 부인 동감이에요. 그건 당신이 지금 제 앞에 서 계시는 것처럼 분명한 사실이에요.

스토크먼 그렇소, 늦기는 하겠지만. 그건 그렇고, 그자들이 자신들이 누울 자리를 스스로 그렇게 만들었으니 그 자리에 눕도록 내버려두는 거요. 그자들은 가슴속에 틀어박힌 돼지우리 같은 생각에 질질 끌려 다니고, 그 생각 안에서 기어 다닐 수밖에 없는 거요. 그러나 언젠가는 애국자 하나를 방랑의 길로 내몬 것을 후회하겠지. 홀스텔, 배는 언제 떠나오?

홀스텔 글쎄요, 실은 그 얘길 하러 왔습니다만…….

스토크먼 그럼, 배에 무슨 사고라도?

홀스텔 실은 저는 그 배를 타지 못하게 되었습니다.

페트라 설마, 당신마저 면직 당한 것은 아니겠죠?

홀스텔 (미소를 지으면서) 사실은 나도 면직되었습니다.

페트라 당신마저도?

스토크먼 부인 여보, 이게 무슨 꼴이오?

스토크먼 모두 진리 때문이오. 그러나 이렇게 되리라곤 꿈에도 생각하지 않았소.

홀스텔 제 일이라면 과히 염려하지 마십시오. 곧 다른 회사에 일자리를 구하게 될 겁니다.

스토크먼 이게 바로 비크라는 사내의 짓이란 말이렷다. 돈이 많아 다른 사람 눈치 볼 필요도 없는 녀석이, 어리석은…….

홀스텔 그렇지 않아요. 그 점에 대해서는 꽤 분별이 있는 분입니다. 그의 말로는 자신은 언제까지든 함께 일하고 싶지만 오직 한 가지…….

스토크먼 말뿐이고 실은 그렇지 못하다는 말이렷다. 물론 그럴 테지.

홀스텔 자신은 당파의 일원인 이상 어찌할 수 없다고 합니다.

스토크먼 당신 말이 옳아요. 당파란 고기를 짓이기는 기계와 같은 거요. 모든 인간의 머리를 뒤섞어 가루로 만들어 버리죠. 결국 사면팔방 어디를 보나 부어오른 대가리와 납작해진 흉측한 대가리들만이 우글거리는 거지요.

스토크먼 부인 어쩌면 당신은…….

페트라 (홀스텔에게) 우리에게 장소를 내주시지만 않았더라면 이런 일은 없었을 텐데.

홀스텔　저는 후회하지 않습니다.

페트라　(손을 내민다) 정말 고마워요.

홀스텔　(스토크먼에게) 말씀드릴 게 있어요. 선생께서 꼭 외국으로

　　　　나가겠다고 고집하신다면 다른 방법이 있기는 합니다만……

스토크먼　그건 고맙소. 나는 나갈 방도만 있다면…….

스토크먼 부인　잠깐, 밖에 누가 오신 것 같군요.

페트라　틀림없이 큰아버님일 거예요.

스토크먼　그렇군. (대담하다) 어서 들어오시오.

스토크먼 부인　여보, 침착하세요. 흥분하지 마세요.

시장, 전면 복도를 지나 들어온다.

시　장　(문지방에서) 아니, 손님이 계셨군. 그럼 다시 오겠다.

스토크먼　괜찮습니다. 들어오십시오.

시　장　나는 너와 단둘이 얘기하고 싶은데…….

스토크먼 부인　저희들은 거실에 가 있겠어요.

홀스텔　그럼 제가 다시 찾아뵙지요.

스토크먼　그럴 것 없소. 부인들과 거실에서 기다려 주오. 나는 더 자

　　　　세한 얘기를 듣고 싶으니…….

홀스텔　그럼, 기다리겠습니다.

홀스텔, 스토크먼 부인과 페트라 뒤를 따라 거실로 나간다. 시장, 말이 없다. 그러나 깨진 창문을 힐끔 훔쳐본다.

스토크먼　안녕하세요? 이 방에는 바람이 세니 모자는 쓰고 계시
　　　　지요.

시　장　그럼 쓰겠다. (모자를 쓴다) 나는 어젯밤에 감기에 걸린 것 같
　　　　다. 몹시 추웠거든.

스토크먼　그렇습니까? 그런데 저는 몹시 더웠답니다.

시　장　어젯밤의 소동을 적당히 제지하지 못한 것은 유감이었다.

스토크먼　형님이 하시고 싶은 얘기는 그것뿐인가요?

시　장　(커다란 봉투를 꺼낸다) 이 서류를 온천 관리 위원회에서 네게
　　　　전하라고 보내 왔더군.

스토크먼　해고 통지입니까?

시　장　그렇다. 오늘 날짜야. (봉투를 책상 위에 올려놓는다) 딱하게 되
　　　　었지만……. 그러나 솔직히 말해서, 여론 앞에서는 어찌할 도
　　　　리가 없었다.

스토크먼　(미소를 짓는다) 어찌할 도리가 없었다는 말이죠? 그 말은
　　　　아까부터 여러 차례 들었습니다.

시　장　현재의 네 입장이 어떤 것인지 깨달아야 해. 너는 장래 어떤
　　　　방법으로든 이 고장에서는 개업할 수 없어.

스토크먼　개업의 가능성 여부 같은 건 어떻게 되든지 상관없어요.
　　　　그런데 형님은 그걸 어떻게 아셨지요?

151

시 장 가주 조합에서 집집마다 회장(回章)을 돌렸다. 거기에는 이 고장의 시민은 네 진료를 거부하고 상종하지도 말라고 되어 있다. 물론 한 가정의 장(長)으로서 그 회장에 서명을 거부할 자는 하나도 없을 거라는 것은 당연한 일이야. '그저 진료 부탁을 않겠습니다'라고 말하면 끝났거든.

스토크먼 알겠습니다. 그야 당연하지요. 그리고 또 얘기가 있습니까?

시 장 이건 내 부탁이지만 넌 당분간 이 고장을 떠나 주는 게 좋겠어. 안 될까?

스토크먼 좋아요. 전 이 고장을 뜨려는 생각도 했어요.

시 장 그건 잘됐군. 그럼 반 년가량 잘 생각해 봐. 숙고한 끝에 자신의 잘못을 깨달으면 바로 찾아와 사과하면 되는 거야. 그때는…….

스토크먼 그때는 제 자리를 다시 주시겠다는 건가요? 그렇지요?

시 장 그래. 전혀 가망 없는 일은 아닐 거다.

스토크먼 그렇다면 여론을 어떻게 하시겠습니까? 여론 때문에 불가능한 일이 아닐까요.

시 장 여론이란 변하기 쉬운 거란다. 그리고 솔직히 말해 우리는 너한테서 그런 타협 조건을 받아 두고 싶은 거야. 이건 우리로서는 꼭 필요한 거야.

스토크먼 알겠습니다. 그렇게 되면 형님한테는 지극히 유리하시겠지요. 그러나 형님, 농담하지 마십시오. 그런 흉악한 계략에 대해 제가 한 말을 잊으실 리가 없을 텐데요.

시 장　그때는 지금과는 입장이 달랐지 않았나. 너는 지금보다는 유리한 입장에 있었거든. 그때 너는 모든 시민을 네 편으로 생각하고 있었거든.

스토크먼　옳은 말이오. 그러나 지금은 모든 시민이 내 목을 죄는 것 같아요. (벌컥 화를 내면서) 그러나, 그러나 말입니다. 그 마귀, 시민이란 마귀할멈이 내 목을 죄여 나를 괴롭힌다고 해도 결코 응할 수 없습니다. 결코 응할 수 없다는 것을 분명히 밝히겠어요.

시 장　적어도 한 가정의 가장이라면 그런 어리석은 짓은 결코 할 수 없는 거다.

스토크먼　그럼 내가 못할 것 같았나요? 자유를 사랑하는 인간이 해서는 안 될 일이 이 세상에 꼭 한 가지 있습니다. 그게 뭔지 아십니까?

시 장　나는 모르겠다.

스토크먼　모르는 게 당연하지요. 내가 말하지요. 자유를 사랑하는 인간은 들개처럼 목을 쓰레기와 먼지로 더럽히는 짓을 아예 하지 않는 겁니다. 자신의 얼굴에 침을 뱉는 짓은 결코 하지 않는 겁니다.

시 장　그 말은 꽤 그럴 듯하게 들리는군. 어쨌든 나는 네 그 몹쓸 고집을 어떻게 해석해야 할지 도무지 모르겠다. 그러나 누구나 다 알고 있는 사실이 있어.

스토크먼 무얼 말입니까?

시 장 너도 잘 알지 않나. 그러나 나는 네 형으로서 그리고 세상사를 잘 아는 선배로서 네게 충고할 게 있다. 그런 허망한, 물거품처럼 곧 꺼져 버릴 가냘픈 희망과 전망에 속아서 함부로 날뛰지 마라는 말이다.

스토크먼 도대체 무슨 말을 하려는 거요?

시 장 그럼 너는 몰텐 킬의 유산 상속 건을 끝까지 모른다고 할 생각이냐?

스토크먼 그분의 다소 있는 재산을 나이 많고 고생하는 고용인한테 나누어 줄 것이라는 사실은 저도 알아요. 그러나 그게 저하고 무슨 관계가 있다는 겁니까?

시 장 너는 다소 있는 재산이라고 했지만 그게 결코 적은 액수가 아니야. 킬은 꽤 부자거든.

스토크먼 나는 지금까지 그런 일을 생각해 본 적이 없어요.

시 장 그래? 정말 없나? 킬 재산 중에서 꽤 많은 액수가 네 아이들한테 돌아올 거다. 그리고 너희 부부는 그 이자만 타내도 큰돈을 잡을 수 있다는 사실을 네가 모른다는 말이냐? 노인이 그 얘기를 하지 않았다는 말이냐?

스토크먼 그가 말할 리가 있습니까? 도리어 그는 여기 와서는 터무니없는 세금을 뜯어 간다고 줄곧 불만만 늘어놓았었지요. 그런데 형님, 그 얘기는 사실입니까?

시 장 믿을 만한 사람한테서 들은 얘기야.

스토크먼　　이건 놀라운데. 그럼 카트리네의 일신은 확고한 보장이
　　　　　　선 셈이군. 아이들도 그렇고. 이건 빨리 그녀한테 알려 주어야
　　　　　　지. (부른다) 카트리네, 여보 카트리네.

시 장　　(잡아끈다) 잠깐, 잠깐 기다려. 아직 말해선 안 돼.

스토크먼 부인　　(문을 연다) 부르셨어요?

스토크먼　　아니요, 아무것도 아니오. 들어가서 기다려요.

　　　스토크먼 부인, 다시 문을 닫는다.

스토크먼　　(방 안을 이리저리 돌아다니면서) 일신의 안전이 보장되었다.
　　　　　　더욱이 그들 모두 보장을 받았거든. 그것도 일생 동안을. 어쨌
　　　　　　든 장래가 보장되었다는 것을 알게 돼 유쾌해지는군.

시 장　　그러나 네게는 없어. 그리고 네 가족들한테도 완전히 넘어
　　　　　　온 것은 아니야. 킬 노인은 자기 생각 하나로 유언장을 파기할
　　　　　　수도 있다는 것을 잊지 말아야 해.

스토크먼　　그건 그렇지 않습니다. 그 늙은 너구리는 제가 형님과 그
　　　　　　리고 현명한 형님의 친구들과 손 끊은 것을 매우 좋아합니다.

시 장　　(벌떡 일어난다. 그리고 살피듯이 상대방의 얼굴을 바라본다) 그랬
　　　　　　군, 이제 모든 것을 알겠다.

스토크먼　　무엇을 말입니까?

시 장　　결국 사건 전체가 교묘히 짜여진 계교였다는 말이군. 네가
　　　　　　진리를 빙자하고 겁도 없이 마구 퍼부어 댄 공격, 이 고장의 유

155

력 인사를 공격한 것이……

스토크먼 아니 그게 어쨌다는 말입니까?

시 장 복수심 강한 몰텐 킬의 유언장을 얻어내려고 미리 짜고 행한 보복 수단에 지나지 않았군.

스토크먼 (입이 벌어지지 않을 만큼 어이없어 한다) 형님, 당신은 내가 평생에 처음 만난 가장 비열한 하등 천민이군요.

시 장 이제는 서로의 얘기는 끝난 거다. 네 면직은 번복할 수 없어. 이것으로 나도 네게 선전 포고를 한 셈이다. (나간다)

스토크먼 퉤퉤, (부른다) 카트리네, 그놈이 서 있던 자리를 말끔히 닦아야겠소. 어서, 그 왜 그 애 이름이 뭐더라? 코끝에 그을음을 바른 애, 그 애한테 시켜요. 어서, 세숫대야를 들고 오게 해요.

페트라 (같은 문턱에서) 아빠, 할아버지께서 오셨어요. 아빠와 단둘이 조용히 하실 말씀이 있대요.

스토크먼 그래? 좋아. (문턱에서) 어서 들어오십시오, 아버님. 어서.

몰텐 킬 들어온다. 주인은 객이 들어오자 문을 닫는다.

스토크먼 웬일로 오셨습니까? 우선 앉으십시오.

몰텐 킬 아니야, 이게 좋아. (방 안을 둘러본다) 스토크먼, 오늘은 꽤 방 안 공기가 상쾌하구나.

스토크먼 네, 그럴 겁니다.

몰텐 킬 정말 시원하고 상쾌하군. 이러면 공기의 유통도 잘 되겠고

네가 어제 지껄인 산소도 이만하면 충분히 들어오겠구나. 난 네가 오늘은 굉장한 양심가가 되었을 것으로 생각했는데.

스토크먼 말씀하신 그대로입니다.

몰텐 킬 나도 그렇게 보고 있어. (가슴을 친다) 그런데 내가 여기에 무엇을 넣어 가지고 왔는지 모르겠지?

스토크먼 역시 위대한 양심이겠지요.

몰텐 킬 아니야, 보다 더 좋은 것이야.

커다란 수첩을 꺼낸다. 열고 한 묶음의 종이를 보인다.

스토크먼 (깜짝 놀라면서 그것을 바라본다) 온천장 주권이 아닙니까?

몰텐 킬 오늘 매우 싼 값으로 사들였단다.

스토크먼 아버님이 그걸 사셨다는 말입니까?

몰텐 킬 있는 돈 모두 털어서 샀네.

스토크먼 그렇지만 아버님…… 온천장이 불안한 상태에 있는데 그런 것을…….

몰텐 킬 그렇지만 너만 얌전히 굴어 주면 온천장 경기는 바로 회복돼.

스토크먼 아닙니다. 그렇지 않습니다. 제가 최선을 다한 것은 아버님 자신이 보셨지 않습니까. 그러나 이 고장 사람들의 머리는 어딘가가 잘못된 것 같습니다.

몰텐 킬 자네는 어제 내 공장에서 가장 많은 독을 내보내고 있다고 했지? 그게 사실이라면 내 조부 그리고 선친, 나 이렇게 삼대에 걸쳐 긴 세월 동안 마치 역병신(疫病神)처럼 이 고장에 독을 풀어 왔다는 것밖에는 안 되지. 이런 비난을 받고 내가 마음 편하게 있을 수 있을 것 같은가?

스토크먼　사정은 딱하게 되었지만 도리 없지 않습니까?

몰텐 킬　고마운 말만 하는군. 내게는 명예와 세상의 평가가 중요해. 항간에서는 나를 너구리라 부르더구나. 하지만 너구리란 돼지 비슷한 짐승이야. 그러나 나는 세상이 나를 잘못 보았다는 것을 깨우쳐 주지 않으면 안 돼. 나는 살아서는 물론 죽은 후에라도 결백한 사람이란 소릴 듣고 싶은 거야.

스토크먼　어떤 방법으로 결백을 보여 주시려는 겁니까?

몰텐 킬　스토크먼, 네가 나를 결백한 사람으로 만들어 주어야 하겠다.

스토크먼　제가요?

몰텐 킬　너는 이 주권을 사들인 돈이 어떤 돈인지 아나? 알 수 없겠지? 늦었지만 밝혀 주지. 이걸 사들인 돈은 내가 죽은 뒤에 카트리네와 페트라 그리고 네 두 어린 자식들이 받을 돈이었어. 네가 보듯이 얼마간 남겨 주려고 했거든.

스토크먼　(몹시 흥분해서) 그럼 아버님은 카트리네 돈을 이런 것과 바꾸셨다는 말입니까?

몰텐 킬　그랬네. 그 돈 전부를 모조리 온천장에 쏟아 넣었네. 그래서 네가 얼마나 고집 센 미치광이인가 보고 싶은 거라네. 네가 앞으로 내 공장에서 부패물이 나온다든가, 독수(毒水)가 흘러나온다거나 하고 나발을 불고 다니면 그건 바로 네 손으로 카트리네와 페트라, 그리고 네 어린 두 자식의 껍질을 벗기는 것과 같은 거란 말이네. 적어도 분별 있는 한 집안의 가장이자 아이들 아버지라면 감히 그런 짓은 못할 걸세. 미쳤다면 몰라도.

스토크먼 (방 안을 걸어 다닌다) 아닙니다. 그럴 수는 없습니다. 나는 미쳤습니다. 미친 사람입니다.

몰텐 킬 잘 생각해서 하게나. 이건 네 마누라와 애들 신상에 관계되는 일이니. 조금이라도 이성이 남아 있을 때 그걸 모두 긁어모아서 어떻게든 수습해 보려고 힘써 보는 게 좋겠네.

스토크먼 (장인 앞에 우뚝 선다) 그 종이쪽지를 사시기 전에 왜 저한테는 얘기해 주시지 않았습니까?

몰텐 킬 이제는 기정사실이야. 이제는 어떻게 할 도리가 없지 않나.

스토크먼 (불안하게 방 안을 오락가락한다) 이렇게 확증을 잡기 전이었다면 몰라도……. 제가 옳다는 것, 이것은 제 확신입니다. 어쩔 수 없는 절대적 확신이란 말입니다.

몰텐 킬 (수첩을 손바닥에 올려놓고) 네가 끝까지 고집을 부리고 미치광이라고 자처하고 나선다면 이건 휴지가 되네. (수첩을 호주머니 속에 넣는다)

스토크먼 아버님, 잠깐. 과학의 힘으로 방어 방법을 찾아낼 수도 있을 것 같습니다. 예방 방법 말입니다.

몰텐 킬 과학의 힘으로 기생 동물인가 무엇인가 하는 것을 죽여 버리자는 말이렷다.

스토크먼 그렇습니다. 완전히 죽여 없앨 수는 없을지라도 최소한 해는 없게 할 수 있을 것 같습니다.

몰텐 킬 그럼 쥐약으로 시험해 보면 어떨까? 안 될까?

스토크먼 안 됩니다. 그건 안 돼요. 아직은 모두 공상이라고 주장하고 있지만 가능할 것 같아요. 공상이라고 비난하려거든 하라고 버려 둘 수밖에는 없지요. 아무것도 모르는 무지하고 천한 들개 같은 녀석들마저 민중의 적이라고 제게 부르짖으며 덤벼들지 않았습니까? 제 등에 걸친 옷마저 벗겨 버릴 기세로 말입니다.

몰텐 킬 그뿐인가, 네 집 창문을 모조리 때려 부수기까지 했지 않나.

스토크먼 그렇습니다. 그런데 이제는 가족에 대한 의무를 제게 강요하다니. 이런 얘기는 카트리네와 의논하지 않을 수 없습니다. 이 방면에 대해서는 그녀 쪽이 머리가 훨씬 잘 돕니다.

몰텐 킬 옳은 말이야. 그럼 현명한 마누라 주장에 따르도록 하게나.

스토크먼 (골이 잔뜩 난 사람처럼 장인을 바라보며) 어쩌면 이렇게 우열(愚劣)한 짓을 하십니까? 카트리네의 돈을 모조리 투기에 내던지고 저를 곤경에 몰아넣는다는 말입니까? 장인을 보고 있으니 악마가 화신(化身)해서 인간이 된 것 같습니다.

몰텐 킬 그럼 나는 이만 간다. 두 시까지 네 회답을 기다리겠다. 가타부타 정하라는 말이야. 만약 불가능하다고 나오면 이 주권은 자선 사업에 기부해 버리겠다. 오늘 중으로 결말을 짓기로 하자.

스토크먼　그럼 카트리네는 어떻게 되는 겁니까?

몰텐 킬　이제는 카트리네한테 갈 돈은 없어. 땡전 한 푼 없지.

앞 복도 문이 열린다. 밖에 호스타트와 아스라크센의 모습이 보인다.

몰텐 킬　오, 밖에 저 두 분이 오셨군.

스토크먼　(두 사람을 노려본다) 뭐요? 당신네는 그래도 내 집 문턱을 밟을 용기가 있소?

호스타트　죄송합니다. 잠깐 뵙고 싶어서.

아스라크센　선생한테 할 말이 있어서 왔습니다.

몰텐 킬　(속삭인다) 가부간에, 두 시까지야.

아스라크센　(호스타트에게 눈짓한다) 어서.

몰텐 킬, 나간다.

스토크먼　무슨 얘기요? 간단히 끝내 주시오.

호스타트　선생은 어젯밤 회합에서 우리가 취한 태도에 대해 몹시 격분하고 계실 줄 압니다.

스토크먼　아니, 그런 걸 태도라고 하는 거요? 오! 참으로 훌륭하신 태도였죠. 제기랄, 태도가 다 뭐요. 마치 썩어빠진 계집년처럼……. 생각만 해도 구역질이 나오.

호스타트 뭐라 말씀하시든 좋습니다. 그러나 그렇게 밖에는 할 수 없었으니 말입니다.

스토크먼 달리 도리가 없었다고 말하는 거죠? 그렇죠?

호스타트 어떻게 생각하시든 좋을 대로 하십시오.

아스라크센 그런데 왜 선생님은 사전에 그렇다는 말 한마디 해 주시지 않았습니까? 호스타트에게나 제게 말입니다. 귀띔이라도 해 주실 수도 있지 않았습니까?

스토크먼 귀띔이라니? 무슨?

아스라크센 배후에 숨겨진 사건 말입니다.

스토크먼 나는 통 영문을 모르겠소.

아스라크센 (모든 것을 알고 있다는 듯 고개를 끄덕인다) 선생도 다 아시면서 그러십니까?

호스타트 이제 더 숨기실 필요는 없지 않습니까. 그건 헛수고 아닙니까?

스토크먼 (두 사람을 번갈아 바라보면서) 그래요? 나는 영 모르겠소.

아스라크센 그럼 제가 묻겠습니다. 선생님 장인이 온 시내를 모조리 뒤져서 온천장 주(株)를 모두 매점하지 않으셨습니까?

스토크먼 그렇다고 합니다. 오늘 주권을 샀다는 얘기를 들었소.

아스라크센 이 일은 아무래도 다른 사람한테 의뢰했어야 좋았습니다. 선생님 친척이 아닌 다른 사람에게 말입니다.

호스타트 그랬더라면 선생님 이름이 드러나지 않았을 것이고 온천에 대한 공격이 당신한테서 비롯되었다는 것을 아무도 모르게 할 수 있었을 겁니다. 이런 문제라면 저희에게 의논해 주실 일 이지.

스토크먼 (상대를 노려본다. 눈이 번쩍 빛난다. 험악한 기세로 말한다) 아니, 그런 생각을 하다니 그런 일을 내가 했으리라고 생각한다는 말 이오?

아스라크센 (미소를 짓는다) 하지만 선생님, 모든 일이 그렇게 되었지 않습니까? 좀 더 교묘하게 하시지 않으면 안 됩니다.

호스타트 이런 일은 좀 더 많은 사람의 손으로 이루어져야 하는 겁 니다. 왜냐고요? 책임을 진다고 해도 여럿이 나누면 가벼워지 지 않습니까?

스토크먼 (애써 억제하면서) 쉽게 말해 당신네는 나한테 무엇을 요구 하는지요?

아스라크센 이 얘기는 호스타트 자네가 하게.

호스타트 아닙니다. 아스라크센 씨가 하십시오.

아스라크센 이거 난처한데. 할 수 없지. 얘기란 이런 겁니다. 이미 사건의 전모를 알고 보니 우리 생각이 잘못이었습니다. 차제 에 우리 《민보》사를 송두리째 선생님 자유로 써 주시라는 겁 니다.

스토크먼 이제야 그럴 수가 있겠소? 여론을 어떻게 하시겠소? 우 리에게 폭풍우가 몰아칠 것을 각오하셨소?

호스타트 그거야 간단합니다. 폭풍우가 몰아치기 전에 문을 걸어 닫

고 쇠를 채우면 됩니다. 선생님은 조속히 승부를 내실 연구를
하셔야 합니다. 선생님의 공격이 효력을 발생함과 동시에…….

스토크먼　그럼 나와 장인이 주권을, 값이 하락했을 때 사들임과 동
시란 뜻이오?

호스타트　물론 선생님께서는 학문상의 입장에서 온천 경영권 일체
를 장악하시려는 거겠지요?

스토크먼　물론이오. 학문상의 입장에서 나는 저 늙은 너구리를 내
편으로 끌어들였지요. 그런 후에 도수관에 다소 손질을 가하
고 배수로를 수리하면 시 재정이나 납세자에게 한 푼의 부담도
주지 않고 거뜬히 할 수 있으리라고 생각했던 거요. 어떻소, 해
나갈 수 있겠소?

호스타트　잘될 겁니다.《민보》만 한통속이 되면 말입니다.

아스라크센　선생님, 자유로운 자치 생활에서는 신문은 곧 힘입니다.

스토크먼　동감이오. 여론도 조성할 수 있겠죠. 그럼 가주 조합 측과
는 아스라크센 당신이 얘기를 붙여 주실 수 있겠소?

아스라크센　하고말고요. 절제 조합과의 관계도 제가 맡아 처리하겠
습니다. 그 점 십분 안심하십시오.

스토크먼　그런데, 이런 말 묻기는 거북합니다만, 보수는 어떻게 하
는 게 좋겠소?

호스타트　염려 마십시오. 저희는 기꺼이 무보수로 후원해 드리고
싶습니다. 그렇지만《민보》사는 아직 기초가 약해서 발전하는
데 큰 곤란을 겪고 있습니다. 더욱이 이 고장에 고등 정치 실현

이 가까이 다가오고 있는 상황에 신문의 힘을 약화시킨다는 것은⋯⋯. 그야말로 유감천만입니다.

스토크먼   잘 알았소. 당신들이 민중의 벗인 이상 몹시 유감스러울 거요. (갑자기 화를 낸다) 그러나 나는 민중의 적이오. (방 안을 성큼성큼 걷는다) 내 단장은 어디 있나? 여보, 내 단장 어디 있소?

호스타트   아니 뭘 하시려고?

아스라크센   설마, 선생님은⋯⋯.

스토크먼   (발을 멈춘다) 내가 주권으로 번 돈에서 고린전 한 푼 주지 않겠다면 어찌하겠소. 우리 돈 많은 사람들은 동전 한 닢 나가는 것을 애석하게 생각하는 거요. 이 점 잘 기억해 두시오.

호스타트   그럼 선생님께서는 이 사건의 보도가 두 가지로 나갈 수 있다는 사실을 잊지 마십시오.

스토크먼   역시 당신은 말귀를 알아듣는 편이오. 그래서 내가 《민보》사와 손을 잡지 않으면 당신네는 이 사건을 좋지 않은 방향으로 독자에게 보여 주겠다는 말이렷다. 좋소, 어서 올가미를 씌워 보시오. 사냥감을 몰아내 보시오. 잡아 보시오. 사냥개가 토끼를 몰아 잡듯 잡아 보시오. 어떻소?

호스타트   동물이란 모름지기 각각 자기 생명을 유지하기 위해 먹이를 구하는 것입니다. 이것은 자연 법칙입니다.

아스라크센   결국 어디든 먹이가 있을 만한 곳을 뒤지고 다닌다는 말입니다.

스토크먼   그렇다면 어디 다른 데 가서 하수구 속이나 뒤지고 다니시오. (방 안을 걷기 시작한다) 제기랄, 이제 우리 세 마리 짐승 중에서 누가 가장 힘센 짐승인가를 보여 주겠소. (양산을 집어 들고 휘두른다) 어때, 견뎌 봐.

호스타트   설마 우리를 치실 생각은 아니겠죠?

아스라크센   그렇게 휘두르시면 찢어집니다.

스토크먼   호스타트, 썩 꺼져 버려! 창문으로 나가 버려!

호스타트   (앞 복도 문턱에서) 영 미친 게로군.

스토크먼   아스라크센, 창문으로 나가 꺼져 버려! 어서 꺼지라는데 뭘 우물거리는 거요?

아스라크센   (책상 둘레를 빙빙 돌면서) 선생님, 절제를 지켜 주십시오. 저는 약한 인간입니다. 저항할 수도 없습니다. (외친다) 사람 살려, 사람 살려.

스토크먼 부인, 페트라, 홀스텔이 거실에서 나온다.

스토크먼 부인   어머나 여보, 이게 웬일이에요?

스토크먼   (양산을 휘두른다) 나가라는데. 하수구 속으로 꺼져 버리라는데…….

호스타트   방어력 없는 자에게 공격을 가했소. 홀스텔 선장, 당신은 증인이오. (전면 복도를 지나 달아난다)

아스라크센   (어찌할 바를 모르면서) 이 집 구조만 알면……. (거실을 지나 슬쩍 달아난다)

166

스토크먼 부인 (남편을 꽉 붙들고) 여보, 정신 차려요. 침착하세요.

스토크먼 (양산을 집어던진다) 놈들이 이제 겨우 달아나 버렸군.

스토크먼 부인 도대체 그분들은 뭘 뜯어내려 왔지요?

스토크먼 그 이야기는 후에 하겠소. 잠깐 생각한 것이 있어서. (책상으로 다가가 명함에 무엇인가 쓴다) 카트리네, 여기 뭐라 씌어 있소?

스토크먼 부인 커다란 부(否)가 셋이군요. 이게 무슨 뜻이에요.

스토크먼 이것도 후에 말하리다. (페트라에게 명함을 건네준다) 페트라, 이 명함을, 왜 그 코끝이 검은 그 애 있지, 그 애에게 들려서 바로 너구리한테 전하도록 해라.

페트라, 명함을 받아들고 전면 복도를 지나 나간다.

스토크먼 오늘이야말로 지옥의 사자가 모두 나란히 나를 찾아왔군. 이제부터 펜 끝을 갈아 창끝처럼 날카롭게 만들어 가지고 독즙을 발라 녀석들을 무찔러야지. 잉크병을 골동에 집어던져 주어야지.

스토크먼 부인 우리는 여기를 떠나는 거지요?

페트라, 돌아온다.

스토크먼 어땠니?

페트라　보냈어요.

스토크먼　됐어. 이곳을 떠나느냐고? 아니오. 이제 떠나지 않소. 결코 떠나지 않는다는 말이오. 카트리네, 우리는 무슨 일이 있어도 바로 이 땅에 남아 있는 거요.

페트라　이 땅에 남아요?

스토크먼 부인　이 고장에 말이에요?

스토크먼　그렇소. 이 고장에 남는 거요. 싸움터는 여기요. 전쟁은 여기서 하지 않으면 안 되오. 양복바지 수선이 끝났으면 어서 주구려. 나는 시내에 나가 우리가 이사할 집을 찾아보겠소. 겨울 동안 눈비를 가릴 지붕은 있어야 하지 않소.

홀스텔　내 집을 써 주십시오.

스토크먼　괜찮을까?

홀스텔　조금도 염려하지 마십시오. 방도 남아요. 그리고 저는 늘 집을 비우거든요.

스토크먼 부인　홀스텔 님의 친절, 정말 고맙습니다.

페트라　고맙습니다.

스토크먼　(머리를 흔들면서) 고맙소, 고마워. 이제는 안심이다. 이제부터 마음 놓고 일에 몰두할 수 있게 되었소. 여기서 일을 찾으면 얼마든지 있소. 더욱이 내 시간을 모두 자유롭게 쓸 수 있게 되었으니 이것도 정말 고마운 일이오. 온천장에서 사령을 보내 왔더군.

스토크먼 부인　(한숨을 쉬며) 그랬군요. 각오는 하고 있었지만.

스토크먼　더구나 놈들은 내가 개업하는 것을 방해하려고 하고 있소. 하지만 좋아요, 멋대로 하게 내버려두겠소. 나는 빈민들을 치료하겠소. 치료비를 낼 수 없는 사람들을 골라 치료해 주겠소. 나를 가장 필요로 하는 사람들은 바로 그들이오. 두고 보시오. 나는 기필코 그들이 내 말을 들을 수 있게 만들어 놓고야 말겠소. 흔히 말하는 것처럼 때와 장소를 가리지 않고 그들을 타이를 거요.

스토크먼 부인　어머나, 저는 당신 자신이, 당신 설교가 아무 쓸모없다는 것을 잘 알고 계시는 줄 알았는데.

스토크먼　카트리네, 당신은 참으로 어리석구려. 당신은 내가 그따위 여론이라거나 견실한 다수라거나 하는 그런 류의 어리석은 수작에 뻗어 버릴 줄 알았다는 말이오? 어쨌든 고맙소. 내 논점은 지극히 단순, 명쾌, 단도직입적이오. 나는 자유주의자가 사실은 자유인이 맞받아서 싸우지 않으면 안 될 가장 교활한 적이란 것을 그 들개들 머릿속에 불어넣고야 말겠다는 말이오. 당파 근성이란 적이 모든 젊고 생생한 참다운 진리의 목을 죄는 것이란 것을 깨우쳐 주고야 말겠소. 적당주의에서 태어난 사리분별이 바로 정의와 도덕을 뒤엎고 이 고장의 생활을 견딜 수 없는 음산한 것으로 만드는 것이란 것을 기필코 알려 주고야 말겠소. 어떻소, 홀스텔 씨. 당신은 내가 민중에게 이런 것들을 깨우쳐 줄 수 있다고 생각하오? 어떻소.

홀스텔　글쎄요. 저는 이 방면에 대한 얘기는 아무것도 모르니…….

스토크먼 쉽게 말하자면 이런 것이오. 우리가 타도하지 않으면 안 될 적은 바로 당파의 지도자란 말이오. 당파의 지도란 마치 이리와 같소. 사람을 잡아먹는 이리란 말이오. 자기가 살아가기 위해 일 년에 몇 백이란 많은 수의 작은 동물들을 잡아먹지 않을 수 없소. 쉬운 예로 저 호스타트나 아스라크센 같은 무리를 보십시오. 얼마나 많은 작은 동물을 괴롭히고 있는가를……. 그들은 민중을 물어뜯어 불구자로 만들고, 《민보》 구독자 외에는 아무 쓸모없는 인간으로 만들어 버리고 있소. (책상 끝에 올라앉는다) 카트리네, 이리 오시오. 보시오, 오늘의 햇빛이 찬란하오. 그리고 상쾌한 봄바람이 몸에 닿으니 다시없이 기분이 좋구려.

스토크먼 부인 정말이에요. 우리가 햇빛과 봄바람으로 살 수 있다면 얼마나 좋을까요.

스토크먼 그건 좋은 생각이오. 어쨌든 앞으로의 생활에는 어려움이 많겠소. 절약하지 않으면 안 될 것이오. 그러나 나는 살아갈 일은 크게 걱정되지 않소. 다만 내 뒤를 이어 이 일을 밀고 나갈 만한 자유정신의 소유자, 고귀한 정신의 소유자가 보이지 않는다는 것만이 내 마음을 아프게 하오.

페트라 어머, 아빠 그런 것은 생각하지 않는 게 좋아요. 빛나는 미래는 바로 아빠의 눈앞에 있지 않아요? 보세요, 아빠 뒤를 이을 자식들도 있지 않아요?

에일프와 몰텐이 거실에서 나온다.

스토크먼 부인　애들아, 오늘 학교가 쉬는 날이니?

몰 텐　아니에요, 우리는 쉬는 시간에 애들하고 싸웠어요.

에일프　그 애들이 나쁜 거예요. 그 애들이 먼저 싸움을 걸어 왔어요.

몰 텐　그랬어요. 료른 선생이 이삼 일 학교를 쉬래요.

스토크먼　(손가락을 깨물며 책상에서 뛰어 내린다) 어서 오너라. 어서 와. 애들아, 이제 학교는 가지 말아라.

애 들　다시는 학교에 가지 않을래요.

스토크먼 부인　괜찮아, 애들아. 학교에는 절대로 가지 말아라. 너희는 내가 가르쳐 주겠다. 아빠는 너희에게만은 쓸데없는 거짓을 배우게 하고 싶지 않은 거야.

몰 텐　만세!

스토크먼　자유롭고 고상한 정신을 지니는 인간으로 길러 가련다. 애야, 페트라, 너도 내 일은 도와주겠지?

페트라　아빠, 하고말고요.

스토크먼　우리의 학교를, 그자들이 우리를 민중의 적이라고 욕을 퍼붓던 바로 그 방에다 열기로 하자꾸나. 그러나 학생 수가 너무 적어 걱정인걸. 못 돼도 시작은 열둘쯤 있었으면 좋겠는데.

스토크먼 부인　이 고장에는 없어요.

스토크먼　잠깐, (아이들에게) 거리를 방황하는 애들은 있겠지?

몰 텐　네, 아빠. 저는 많이 알고 있어요.

민중의 적

스토크먼 그럼 안성맞춤이군. 그 부랑자들 가운데 몇몇 데리고 오너라. 우선 시험 삼아 거리의 들개들부터 교육을 시작해 보자. 흔히 그런 애들 가운데 뛰어난 두뇌의 소유자가 있는 법이거든.

몰 텐 아빠, 우리 자유의 고상한 정신을 소유하게 되면 무슨 일을 해야 하나요?

스토크먼 이리 같은 녀석들을 모조리 서쪽 끝으로 내쫓는 거야.

에일프, 무엇인가 납득이 가지 않는다는 표정, 몰텐은 만세를 외치며 뛰어다닌다.

스토크먼 부인 여보, 이리 떼 쪽에서 도리어 당신을 쫓아내지 않으면 다행으로 아세요.

스토크먼 카트리네, 당신은 생각하는 게 퍽 이상하오. 나를 쫓아낸다고? 이제는 내가 이 고장에서 가장 강한 자란 말이오.

스토크먼 부인 가장 강한 자라고? 지금…….

스토크먼 그렇소. 나는 감히 이렇게 말하겠소. 나는 전 세계에서 가장 강한 인간이라고.

몰 텐 이것 재미있다.

스토크먼 (낮은 소리로) 조용, 그 이야기는 더 해서는 안 돼. 그리고 나는 위대한 발견을 했소. 그렇소, 그렇고말고. (일동을 자기 둘레에 모아 놓고 확신을 가지고 말한다) 내 발견은 이거야. 잘 들어요.

이 세상에서 가장 강한 자는 바로 혼자 힘으로 일어서는 자란

것을······.

스토크먼 부인　(미소를 지으며, 머리를 흔든다) 어머나, 여보······.

페트라　(기쁜 듯이 아빠 손을 잡고) 아빠!

독후감 길라잡이

▌제1막▐

스토크먼은 노르웨이 한 작은 마을의 의사입니다. 그는 자신의 집을 찾는 젊은이들에게 음식과 술을 대접하는 것을 즐깁니다. 이 날 역시 《민보》의 기자 빌링이 그의 집에서 식사를 하며 호스타트가 오기를 기다리고 있었습니다. 그러던 중 스토크먼의 형인 시장이 잠시 집에 들립니다. 시장은 동생의 호화로운 생활을 탐탁지 않게 여깁니다.

시장과 《민보》의 주필 호스타트는 마을의 온천에 대해 이야기를 나눕니다. 온천의 발견으로 인해 최근 3년간 마을은 놀라운 발전을 보였습니다. 호스타트는 온천의 기초를 마련한 것은 바로 스토크먼이며, 그가 온천의 뛰어남에 대해 다룬 논문을 《민보》에 실을 준비를 하고 있다는 것을 알립니다. 이에 시장은 온천 발전의 주역은 바로 자신이라 주장하며 발끈합니다. 두 사람의 언성이 높아질 듯하자 스토크먼 부인은 호스타트를 식당으로 들여보냅니다. 잠시 후 스토크먼과 아이들, 그리고 홀스텔 선장이 들어옵니다. 시장은 스토크먼이 《민보》에 호스타트가 말했던 논문을 싣기를 원하지만 스토크먼은 때가 아니라며 거절합니다.

시장이 집에 돌아간 후, 페트라가 퇴근길에 편지를 받아 스토크먼에게 전달합니다. 그 편지에는 건강에 좋은 줄로만 알았던 온천이 알고 보니 전염병 소굴이라는 내용이 담겨 있습니다. 오래전부터 이 문제를 조사해 왔던 스토크먼은 대학의 화학자들을 통해 온천수에 대한 정밀 분석을 의뢰했었고, 그 분석 결과가 지금 편지로 도착한 것입니다. 스토크먼은 시장에게 이 사실을 전하려 하고,《민보》역시 이 사실을 보도하기로 약속합니다. 스토크먼은 자신이 이 고장을 위한 행동을 했다는 것에 기쁨을 느낍니다.

▍제2막 ▍

스토크먼의 장인인 몰텐 킬이 온천 문제에 관한 이야기를 듣고 찾아와 미생물 문제는 심각하게 다룰 일이 아니라며 비웃습니다. 이어서 들어온 호스타트는 온천 문제와 마을의 부패한 권력층을 연결 지으며 자신의 신문을 통해 고발하기로 다짐합니다. 인쇄소 사장 아스라크센 또한 스토크먼의 집을 찾아와 그를 후원하고 돕기로 약속합니다.

이어서 시장이 찾아옵니다. 시장은 비밀 조사를 문제 삼으며, 도수관 공사를 다시 하기 위해서는 2년이라는 긴 시간과 어마어마한 비용이 든다는 점을 들어, 결국 그 공사는 마을을 폐허로 만들고 말 것이라 경고합니다. 그리고 기존의 도수관 시설을 그대로 사용해야 한다고 주장합니다. 이 문제로 스토크먼과 시장은 격렬한 의견 대립을 보입니다. 스토크먼은 유익한 생각을 다른 이에게 전하는 것이 시민의 의무라 하지만, 시장은 민중에게는 새로운 사상을 전하는 것이 아니라 관례대로 원만하게 다스리는 것이 최선이라고 답합니다. 그리고 스토크먼이 온천 관련 소문에 대해서 부인하며 자신들을 옹호하는 공식적 발표를 해줄 것을 요구합니다. 스토크먼이 복종을 거부하고 자신의 소신을 지키겠다고 하자 시장은 스토크먼을 온천장 소속 의무관의 자리에서 파면시킬 것이며, 스토크먼의 주장이 그와 그의 가정에 불행을 안겨 줄 것이라 경고합니다.

▌제3막▐

빌링과 호스타트는 온천 문제를 고발하는 스토크먼의 원고를 읽고 감명하며 그것이 혁명을 일으킬 것을 확신합니다. 인쇄소를 찾아온 스토크먼에게 빌링과 호스타트는 원고에 대해 극찬하며 인쇄 준비를 합니다.

스토크먼이 나간 후 시장이 인쇄소를 찾아와, 도수관 공사를 위해 드는 이십만 크로네라는 돈을 시가 부담해야 하고 그것은 시민들의 세금으로 충당해야 한다는 점과 온천장 폐쇄로 인한 주민들의 손실, 마을의 이미지에 입히는 타격 등을 이야기합니다. 이 이야기는 그들을 시장 편으로 돌리는 데 충분한 이유가 되었습니다.

갑자기 스토크먼이 다시 인쇄소를 찾아오고, 시장은 잠시 몸을 숨깁니다. 잠시 후 스토크먼 부인이 인쇄소를 찾아옵니다. 가정 문제로 부인과 언쟁을 벌이던 중, 스토크먼은 시장의 모자를 발견하고 시장이 숨어 있다는 것을 알아차립니다. 시장 편에 서게 된 호스타트와 빌링, 아스라크센은 스토크먼의 주장을 신문에 싣지 않겠다고 하며 시장의 원고를 받아 듭니다. 스토크먼이 자비로 원고를 인쇄하려 하지만 아스라크센은 이를 거부하고, 이에 스토크먼은 민중을 모아 진실을 밝히겠다고 하지만 시장은 그 누구도 장소를 제공하지 않을 것

이라며 경고합니다. 이들의 지나친 태도에 분노한 스토크먼 부인은
남편을 돕기로 다짐합니다.

▌제4막▌

　시장의 경고처럼 그 누구도 스토크먼에게 장소를 제공하지 않아
스토크먼은 친구 홀스텔의 집에 시민들을 모았습니다. 스토크먼이
연설을 시작하려 하자 아스라크센을 비롯한 시민들이 의장을 뽑을
것을 외칩니다. 아스라크센이 의장이 되고, 발언 허가를 받은 시장은
스토크먼이 하려는 연설이 시민에게 큰 부담을 줄 뿐만 아니라 시의
유력자에 대한 불신임 투표에 지나지 않으니 이를 중지하자는 의견
을 내세웁니다. 덩달아 아스라크센도 여기에 동의하며 힘을 더합니
다. 그를 열렬히 지지했었던 호스타트 역시 스토크먼의 보고서가 허
위이고 그가 지나치게 감정적으로 일을 처리해 왔으며, 시민의 뜻에
따라 그의 뜻에 반대함을 주장합니다.

　발언권을 얻은 스토크먼은 자신이 본래 말하려 했던 온천 문제는
극히 사소한 문제였으며, 지난 며칠간 그가 발견한 중대한 발견에 대
해 이야기합니다. 그것은 바로 이 사회가 허위에 기초를 두고 있으며,
사회에서 진리와 자유의 진정한 적은 유력자들이 아닌 바로 다수의
민중이라는 것입니다. 그들은 결코 정의의 편이 아니며 쉽게 선동 당
하고 휘둘리는 어리석은 인간이라는 스토크먼의 말에 시민들은 고함
을 지릅니다. 스토크먼은 민중이 선조로부터 내려오는 진리를 무비
판적으로 수용할 뿐이며, 좀 더 냉정히 생각해야 한다고 주장하지만

179

소용이 없습니다. 이어서 그는 다수란 참다운 민중이라 할 수 없는 살아 있는 재료이자 길들여지지 않은 동물이라 할 수밖에 없다고 말합니다. 그리고 그러한 다수에게 《민보》와 같은 신문이 갖는 역할은 민중의 향상이 아니라 도리어 민중을 타락시키는 것이며, 그렇게 세워진 허위의 사회라면 차라리 멸망하는 것이 낫다고 외칩니다. 이를 듣던 한 시민이 그를 민중의 적이라 지목하자 이를 아스라크센이 이어받아 스토크먼을 민중의 공공의 적이라 선언합니다.

스토크먼에게 몰텐 킬이 다가와 스토크먼이 연설 중 말했던, 온천 문제의 원인이 되는 공장이 자신의 공장을 지칭하는 것인지를 묻습니다. 스토크먼이 그렇다고 대답하자 몰텐 킬은 경고를 한 뒤 자리를 뜹니다. 또한 홀스텔이 타는 배의 선주는 홀스텔에게 다가가 민중의 적에게 집을 제공한 책임을 묻습니다. 자기 소유물을 자유로이 쓴 것이라 답하는 홀스텔에게 그 선주는 그의 방식을 따르겠다고 말한 뒤 사라집니다.

▌ 제5막 ▌

시민들에 의해 스토크먼의 집 창문은 산산이 부서지고 집 주인도 다른 집을 구할 것을 요구하자 스토크먼은 외국으로 떠날 준비를 합니다. 페트라는 면직이 되어 집에 돌아오고, 홀스텔 역시 면직이 되어 외국으로 나가는 배를 마련하기 어렵게 됩니다.

시장은 스토크먼의 해고 통지를 가져와서는, 당분간 이 고장을 떠난 뒤 후에 돌아와 사과를 하면 다시 자리를 찾게 해주겠다고 합니다. 그리고 몰텐 킬이 유산의 상당한 액수를 스토크먼 가족에게 넘기려 했다는 사실을 전하며 스토크먼의 부주의한 행동으로 그가 유언장을 바꿀 수도 있다는 것을 경고합니다. 하지만 오히려 그가 시장을 비롯한 세력가들과 손을 끊은 것을 몰텐 킬이 좋아한다는 스토크먼의 말에, 시장은 그가 유산을 얻어내기 위해 이 일을 준비한 것이라며 집을 나가 버리고 스토크먼은 그런 시장을 경멸합니다.

시장이 나간 뒤 몰텐 킬이 들어와 자신이 사들인 온천장의 주권을 보여 줍니다. 그것은 스토크먼이 앞으로 온천의 오염 문제를 들고 나온다면 자신의 가족들을 향해 칼을 겨누는 일이 될 것을 의미합니다. 공장을 경영해 온 자신의 가문이 비난받는 것을 원치 않았던 몰텐 킬이 내세운 방법이었습니다. 몰텐 킬은 스토크먼이 이것을 받지 않는다면 자선 사업에 기부해 버리겠다고 한 뒤 떠납니다.

이어서 호스타트와 아스라크센이, 몰텐 킬이 온천의 주권을 모두 사들여 스토크먼에게 넘겼다는 이야기를 듣고 스토크먼의 집을 찾습니다. 그들은 스토크먼이 온천 문제를 내세웠던 것이 모두 이를 위한 것이었다고 추측하며, 앞으로 《민보》에 그의 글을 싣고 적극 후원하겠다고 말합니다. 하지만 그들의 속셈이 돈에 있다는 것을 알게 된 스토크먼은 그들을 내쫓습니다.

스토크먼은 하녀를 시켜 몰텐 킬에게 부(否)가 적힌 명함을 전하고는, 마을을 떠나지 않을 것을 맹세하며 가장 강한 개인으로서 맞서 싸울 것을 다짐합니다.

독후감 길라잡이

‖ 작품의 주제 ‖

작품에서는 '거짓된 다수와 그들에 맞서는 정의로운 개인'에 대해 다루고 있습니다. 진실을 밝히려 하는 정의로운 개인인 스토크먼에 게 자신들의 이익만을 우선시하는 시민들은 돌을 던집니다. 작가가 여기서 문제 삼고자 하는 것은 이들이 과연 참다운 민중인가 하는 점 입니다. 민주주의는 국민에게 주권을 두고 그들에 의한 자치를 우선 시하지만, 만약 민중이 이기적이고 우매하며 쉽게 선동 당하는 이들 인 경우, 정의로운 개인이 그들에 맞서서 정의인 듯 포장된 부조리를 해결하고 맞서 싸워야 한다는 것입니다.

이러한 주제를 통해서 우리는 작가의 두 가지 의도를 짐작할 수 있 습니다. 첫 번째는 거짓된 다수를 비판하고 정의로운 개인을 높게 평 가하려는 것이며, 두 번째는 길들여지지 않은 동물과도 같은 그 다수 의 민중을 길들여야 한다는 것을 주장하기 위해서라 할 수 있습니다.

‖ 작품의 배경 ‖

《민중의 적》은 노르웨이의 한 시골 마을을 배경으로 합니다. 이 작 은 마을을 배경으로 삼은 것은 작가가 작품에서 자신이 의도하는 바 를 드러내는 데 매우 효과적입니다. 우선 이 마을의 온천 사업은 주 민들에게 매우 중요한 일입니다. 이로 인해 마을 사람들은 많은 수입 을 벌어들일 수 있었고, 이전과 다른 윤택한 삶을 누리게 됩니다. 그렇기에 스토크먼이 제시한 온천의 문제에 극도로 예민하고 이기적인 모습을 보이게 되는 것입니다. 또한 일반적으로 마을에는 적은 인구가 삽니다. 이들이 서로에 대해 가지게 되는 영향력은 매우 크며, 그 속도도 매우 빠릅니다. 작품의 배경이 되는 마을 역시 마찬가지이며, 온천 문제에 대해 그들이 순식간에 형성하는 여론은 이를 증명합니다. 이렇게 모인 다수의 시민은 스토크먼을 향해 칼을 겨누게 됩니다. 그리고 그 숨어 살 곳조차 없는 작은 마을 속에서 스토크먼이 정의로운 개인으로 우뚝 서게 되면서, 그의 다짐과 의지는 더욱더 빛을 발하게 됩니다.

독후감 길라잡이

▌ 작품의 구성 ▌

《민중의 적》은 총 5막으로 구성된 희곡입니다. 1막에서는 온천의 진실을 알아내고 기뻐하는 스토크먼의 모습이, 2막에서는 시장에 대적해 마을 사람들에게 진실을 알릴 준비를 하는 스토크먼의 모습이, 3막에서는 호스타트, 빌링, 아스라크센이 시장의 설득에 넘어가 스토크먼에게 등을 돌리게 되면서 홀로 싸우게 되는 스토크먼의 모습이, 4막에서는 시민들 앞에서 거짓된 다수를 비판하며 홀로 맞설 것을 내세우다 민중의 적이 되는 스토크먼의 모습이, 그리고 5막에서는 아무것도 남지 않고 모두가 그를 외면한 상태에서 굳게 싸워 나갈 것을 다짐하는 스토크먼의 모습이 그려집니다. 이는 스토크먼이 온천 문제를 놓고 다수의 민중과 벌이는 갈등을 시간의 흐름에 따라 잘 그려 내고 있으며, 그는 점차적으로 의식과 행동의 측면 모두에서 발전해 나가는 모습을 보이고 있습니다. 이렇듯 한 개인의 성장 과정을 그려 낸 작품을 통해서 독자는 작가가 드러내고자 하는 주제를 분명하게 파악할 수 있으며, 독자 역시 스토크먼과 더불어 의식의 발전 기회를 가질 수 있습니다.

❸ 등장인물 알기

┃스토크먼┃ 작품의 주인공이며, 온천장 소속 의무관입니다. 젊은 시절에 쓸쓸히 떠돌이 생활을 했기에, 현재 정착하면서 누리고 있는 풍족하고 안정적인 삶에 행복을 느낍니다. 자신이 알아내는 새로운 사실이나 생각들을 신문 등을 통해 알리곤 하며 그것이 자신의 고장과 시민들을 위하는 일이라 여깁니다.

온천장 발달의 기초를 닦았으며, 온천장이 병균으로 가득하다는 사실을 밝혀내고 이를 알리려 합니다. 하지만 그가 평소에 아껴 왔고 그의 뜻을 따를 것만 같았던 이들은 그에게서 등을 돌리고, 그의 편에는 가족들과 정치에 관심이 없던 홀스텔만이 남습니다. 진실을 묻으려 하는 시장과 그의 허위에 휘둘려 진실을 외면하는 민중들을 보면서, 그는 다수의 민중을 악이라 규정하고 민중의 적이 되기를 자처합니다. 그리고 강인한 개인이 되어 그들과 맞서 싸울 것을 다짐합니다.

┃스토크먼 부인┃ 남편 스토크먼이 온천 문제에 대해 적극적으로 나서서 이를 알리려 하는 것과 달리, 그녀는 그가 가정을 생각하며 한

발 물러서기를 원합니다. 하지만 스토크먼을 따를 것만 같았던 이들이 등을 돌리고 시장의 편에 서게 되자 남편의 지지자가 되기로 마음을 바꿉니다.

▌페트라▐ 스토크먼의 딸이며, 야학에서 교사로 근무합니다. 어머니 스토크먼 부인과 달리 진취적인 성격과 사고를 가진 여성입니다. 아버지 스토크먼을 적극적으로 지지하고, 스토크먼의 연설 소동이 있고 난 뒤 학교에서 면직을 당합니다.

▌시장▐ 스토크먼의 형이며, 마을의 시장입니다. 그가 스토크먼을 지원해 온 것은 형제로서의 의리가 아니라 자신의 뜻대로 움직이기 위함이었으며, 평소 스토크먼이 보이는 행동들을 탐탁지 않게 여깁니다. 그에게 민중은 적당히 다스리면 되는 존재로 여겨지며, 온천의 기초를 닦은 것이 스토크먼이라는 말에 자신 또한 한 몫을 했다며 발끈할 정도로 명예를 중시하는 인물입니다.

온천의 문제점을 알아낸 스토크먼이 이를 알리려 하자 이것을 막아내기 위해 그에게 경고를 하고 자신에게 복종할 것을 강요합니다. 스토크먼이 자신의 뜻에 따르지 않자 《민보》의 사람들을 자신의 편으로 만들고 시민들까지 자신의 편으로 만듭니다.

▌호스타트▐ 《민보》의 주필입니다. 빈민 출신으로, 《민보》를 인수하면서 기득권층에 맞서 싸울 것을 다짐했다고 합니다. 정의를 위해

일을 하는 듯하지만 시장의 말에 스토크먼에게 등을 돌리고 그의 연설에서 그가 옳지 않음을 주장합니다. 연설이 끝난 뒤 스토크먼에게 다시 찾아가《민보》에 글을 실어 줄 것을 요청하지만, 그 속내에는 스토크먼이 받게 될 유산으로 자신들이 얻을 이득에 대한 관심이 자리 잡고 있습니다.

▮빌링▮ 《민보》사의 기자입니다. 스토크먼을 민중의 벗이라 하며 그를 따랐지만, 시장에게 설득당한 뒤에는 그와 반대편에 섭니다.

▮아스라크센▮ 인쇄소의 주인입니다. 일을 처리할 때 절제를 가장 중요하게 여기며, 온천 문제에 대해 처음 들었을 때는 다수의 시민을 대표해 스토크먼을 후원하겠다고 나서지만, 시장에게 설득당한 뒤에는 스토크먼의 연설이 시장의 뜻대로 흘러가도록 돕는 역할을 합니다. 연설이 끝난 뒤 호스타트와 함께 스토크먼에게 찾아가 《민보》에 글을 실어 줄 것을 요청하지만, 그 속내에는 스토크먼이 받게 될 유산으로 자신들이 얻을 이득에 대한 관심이 자리 잡고 있습니다.

▮몰텐 킬▮ 스토크먼의 장인이며 공장을 소유한 대부호입니다. 스토크먼이 온천의 문제를 발견했다는 이야기를 들었을 때에는 그것을 사소한 문제라 여기면서 그가 그것으로 세력가들을 굴복시키기를 바랍니다. 하지만 온천의 오염이 자신의 공장과 관련 있다는 것을 알게

되자 자신의 돈을 다 털어 온천장 주권을 사고 이것을 스토크먼에게 넘겨, 자신의 가문이 입을 타격을 면하고자 합니다.

┃홀스텔┃ 스토크먼의 친구인 청년이며, 선장입니다. 이곳저곳 돌아다니는 탓에 마을의 정치에는 관심이 없습니다. 스토크먼이 시장에 대항해 연설을 하고자 했을 때 아무도 집을 빌려 주지 않자 기꺼이 자신의 집을 내줍니다. 이로 인해 면직을 당하게 됨에도 불구하고 스토크먼이 집이 없는 신세가 되자 자신의 집에 머물도록 해줍니다.

❹작가 들여다보기

헨릭 입센은 1828년, 노르웨이 남부의 항구 시엔에서 대상인의 아들로 태어납니다. 아버지가 사업에 실패하게 되면서 그의 소년 시절은 불행해집니다. 집안 환경으로 성격이 뒤틀리게 된 입센은 가정환경 탓에 정규교육도 제대로 받지 못했으며, 15살에 인근에 위치한 그림스터라는 조그마한 읍의 약제사 조수로 들어가게 됩니다.

이 무렵부터 입센은 독학으로 의과 대학 시험에 응시할 뜻을 품고 공부하면서 라틴어 명문집을 접하게 됩니다. 그리고 그중에서 로마 웅변가인 키케로가 카틸리나를 탄핵한 연설문에 감동받아 로마 공화정 말기의 유명한 반역자들의 사적을 3막의 운문극으로 엮게 됩니다. 또한 이때부터 그는 서정시를 썼으며, 이 시기에 일어났던 혁명들에 감명을 받아 이를 산문 형식으로 엮기도 합니다. 뿐만 아니라 신문에 풍자성을 띄는 만화와 시를 기고하기도 합니다. 이것은 입센이 이후 보일 문학 활동의 기틀이라 할 수 있겠습니다.

청년이 된 입센은 첫 작품《카틸리나》를 자비로 출판합니다. 카탈리나란 로마의 야심찬 정치가로, 작품에서 입센은 그를 로마의 민주제를 지키기 위해 황제에 반기를 들었다 패한 혁명가로 묘사합니다. 비록 큰 반응을 이끌어 내지는 못했으나, 이는 입센의 작품 세계가 가지는 특징들을 아주 잘 담아낸 작품이라 평가받습니다.

의과 대학 시험에 낙방한 뒤 단막극《전사의 무덤》이 극장에 채택되자, 그는 대학 진학을 포기하고 작가로 나서기로 결심합니다. 그렇게 친구들과 정치, 문예를 다루는 주간지《사람》을 발행하지만 사회주의적 경향 탓에 곧 폐간됩니다.

1851년에는 신설된 노르웨이 국민 극장에 전속 작가 겸 무대감독으로 초청받습니다. 10여 년을 넘게 이 극장과 관계하면서 입센은 무수히 많은 희곡을 쓰게 되며, 이때 무대 기교를 연구한 것은 이후 그가 극작가로서 작품을 쓰는 데 매우 큰 도움이 됩니다.

1857년, 그는 서정 비극《올라프 릴리엑클란스》를 마지막으로 크리스티아니아의 노르웨이 극장의 예술 총무로 자리를 옮기며, 이 무렵 스잔나 트레젠과 결혼하게 됩니다. 여성운동가였던 수잔나 트레젠은 저명한 인사들과도 교제를 하고 있었기에 이는 입센에게 큰 영향을 끼치게 됩니다.

결혼 후 입센의 최초 작품인《사랑의 희극》은 3막으로 된 운문 가정극으로, 당대 연애 풍속을 해학적으로 그려 냈으며, 그 여주인공은 아내 스잔나 트레젠을 모델로 삼았다고 합니다. 하지만 이 작품을 제외하고는 문학적으로 뛰어나다 평가받을 만한 작품이 없이 입센의 작품 활동은 침체기에 빠져듭니다.

입센에게 결혼은 정신적으로는 큰 안정을 가져다주었으나 물질적으로는 여전히 빈곤이 그에게 머물러 있었습니다. 극장의 보수는 보잘것없었으며, 경제적 어려움을 극복하기 위해 시인 연금을 신청했으나 국가는 이를 거부합니다.

입센은 노르웨이를 떠나 30여 년간 방황하는 삶을 살게 됩니다. 이때 그는 로마로 가게 되는데, 그곳에 정착한 지 얼마 되지 않아 《브란드》를 쓰게 됩니다. 《브란드》는 이상을 좇다 쓰러지는 목사 브란드를 주인공으로 삼은 5막의 운문 비극으로, 엄청난 호평을 받게 되고 본국 노르웨이에서는 그의 작품 판매량이 급격히 증가합니다.

이어서 그는 노르웨이의 전설을 테마로 삼아 사냥꾼 페르 귄트의 이야기를 다룬 운문극 《페르 귄트》를 써냅니다. 페르 귄트의 무책임하고도 괴이한 성격은 많은 이들의 논쟁을 일으켰으며, 작품의 기법 역시 비판을 받아 입센은 이후 운문을 포기하게 됩니다.

입센은 오랜 기간 준비했던 《황제와 갈릴리인》을 출간하지만 독자들의 반응은 차가웠습니다. 이에 입센은 사실주의적 수법을 통한 전환을 시도하게 됩니다. 이후 그는 《사회의 기둥》(1877), 《인형의 집》(1879), 《유령》(1881), 《민중의 적》(1882), 《들오리》(1884) 등의 작품을 발표합니다.

30여 년간의 방랑 생활을 마치고 고국으로 돌아온 그는 말년에 《건축가 솔네스》(1892)를 비롯한 4편의 작품을 발표합니다. 점점 쇠약해진 그는 1906년 5월 23일, 동맥경화증으로 숨을 거두게 됩니다.

그럼 마지막으로 입센의 활동을 연보를 통해 정리해 봅시다.

1828년	3월 20일, 노르웨이 시엔에서 출생
1835년	아버지가 파산하여 교외 집으로 이사
1844년	그림스터의 약제사 조수로 들어감.
1850년	《카틸리나》 발표, 《전사의 무덤》을 상연하고, 의학을 포기한 뒤 작가의 길을 결심함.
1851년	11월에 국민 극장의 전속 작가 겸 무대감독이 됨.
1857년	크리스티아니아의 노르웨이 극장 예술 총무로 자리를 옮김, 6월에 스잔나 트레젠과 결혼
1859년	10월에 외아들 시쿨 탄생.
1862년	《사랑의 희극》 출판
1864년	고국 노르웨이에서 로마로 떠남.
1866년	《브란드》 발표
1867년	《페르 귄트》 발표
1869년	《청년 동맹》 발표
1879년	《인형의 집》 발표
1881년	《유령》 발표

1882년	《민중의 적》 발표
1884년	《들오리》 발표
1891년	7월에 고국 노르웨이에 귀국, 정착
1892년	《건축가 솔네스》 발표
1894년	《작은 아이욜프》 발표
1896년	《요한 가브리엘 브르크만》 발표
1899년	《우리들의 사자가 소생할 때》 발표
1906년	5월 23일 사망. 국장을 지냄.

독후감 길라잡이

❺ 시대와 연관 짓기

많은 이들이 헨릭 입센을 근대 리얼리즘 희곡의 거장이라 일컫습니다. 그가 후기에 발표했던 《사회의 기둥》, 《인형의 집》, 《유령》과 같은 작품들은 문제극이라 일컬어질 정도로 큰 논란을 낳으며, 그중에서도 《유령》에 대한 노르웨이 사회의 비판은 극심했습니다. 입센은 《유령》을 통해 부패한 기독교 지도자의 위선, 부패를 고발했지만, 당대 유럽에는 기독교 사상이 깊게 자리 잡고 있었기 때문에 사회는 그를 공공의 적으로 삼다시피 하며 비판을 해댔습니다. 하지만 입센은 이에 굴하지 않고 《민중의 적》을 내놓습니다.

《민중의 적》의 내용은 두 개의 이야기를 기반으로 합니다. 하나는 입센이 알고 지내던 젊은 시인의 아버지 이야기입니다. 그의 아버지는 1830년대 어느 온천의 의무관이었는데, 그곳에 콜레라가 창궐하는 것을 알게 된 그가 그 사실을 공표하자 온천은 대목을 놓쳤고 이에 분노한 시민들이 그의 집에 돌팔매질을 해대 그곳을 탈출해야 했다고 합니다. 또 다른 이야기는 신문에 나온 노르웨이의 한 화학자의 이야기인데, 시의 척박한 재정을 돕는 데 인색했던 한 회사를 비판하며 연설을 해온 그가 그 회사의 총회에서 연설을 하려 하자 의장이 이를 저지하고 다수의 참석자들이 이를 거들어 소란을 일으키며 그의 시도를 막은 일이었습니다. 입센이 이것을 접한 시기는 《유령》에 대한 거센 여론이 있을 때여서, 그가 이듬해 발표한 《민중의 적》에 큰 영향을 끼쳤을 것으로 여겨지며 실제 작품에서도 이와 유사한 장면이 나타납니다.

이렇게 입센이 《민중의 적》을 발표하고 나자 독자들의 반응은 찬반으로 나뉩니다. 입센이 작품을 통해 비판하려 했던 정당들은 이것에 냉담한 반응을 보였고, 《유령》을 비판하는 기사에 대한 각색물일 뿐이라며 실망을 내비치는 이 또한 있었습니다. 하지만 반대로 주제와 형식, 기법 등에 대해 극찬하는 이도 있었지요. 민중에 대한 비판에 거부감을 가질 줄 알았던 시민들은 진실을 말하는 스토크먼의 등장에 환호했습니다. 스토크먼이 대중을 경멸하고 개인을 신봉했음에도 불구하고 그들은 《민중의 적》에 열광하는 모습을 보였습니다.

❻ 작품 토론하기

❶ 주인공 스토크먼은 견고한 다수의 민중을 악으로 규정짓고 있습니다. 과연 다수의 민중은 사회의 적일까요? 이러한 주장이 나오기까지의 상황을 고려하며 이에 대해 생각을 나누어 봅시다.

▶**학생 1 :** 스토크먼이 말하는 견고한 다수의 민중에서 민중이란 참다운 민중이 아닌, 다듬어지지 않은 어리석은 자들을 의미합니다. 그들은 자신들의 이익과 일방적으로 제공받는 정보 외에는 귀를 기울이지 못합니다. 때문에 그들은 사회를 병들게 하고, 더 나아가 자신들까지 병들게 하는 사람들입니다.

작품은 스토크먼의 입을 빌려 그들이 가지고 있는 문제를 낱낱이 파헤치고 비판합니다. 어느 민중도 그의 말에 냉정히 귀 기울이지 않고, 그를 몰아내기 위해 고함을 지르고 돌을 던집니다. 하지만 스토크먼이 집 안에 들어온 돌들을 살폈을 때 돌멩이라 할 만한 것은 몇 개에 지나지 않고 나머지는 무리에 휩쓸려 용기를 얻은 자들이 던진 작은 모래알일 뿐입니다. 이렇게 어리석고 이기적인 민중들에 의해서 다스려지는 사회가 과연 옳은 사회라 할 수 있을까요? 그렇지 않습니다. 이들의 손에 권력을 맡기는 것은 이들에게 맡기는 것이 아니라, 어리석은 이 사람들을 움직이는 몇몇 사람들에게 맡기는 일입니다. 혹 그렇지 않다고 하여도 이들은 온전한 정보를 가지지 못하고 넓게 생각하지 못하는 상태로 사회를 다스리고, 사회는 이상한 방향으로 나아가게 될 것입니다.

이들은 참다운 민중으로 바뀌어야 합니다. 정보를 구별해서 수용할 수 있는 눈을 가지고, 공익을 중요시하며, 누군가에게 휩쓸리는 것이 아니라 자신의 소신을 내세울 수 있는 민중이 되어야 합니다. 그것은 진정한 의미의 민주주의가 실현되기 위한 가장 중요한 요소라 할 수 있습니다.

▷**학생 2** : 여기서 스토크먼이 비판하려 하는 이들은 생각 없이 정보를 무분별하게 수용하며 자신들의 이익을 위해 다른 이들을 외면하는 극단적인 인물들을 뜻합니다. 그러한 민중이라면 분명 비판받아 마땅한 이들입니다. 하지만 중요하게 짚고 넘어가야 할 것은, 과연 모든 민중들이 이렇게 극단적인 인물인가 하는 것입니다.

작품의 경우 온천의 문제를 고발하려 하는 스토크먼에게 많은 민중들이 비난을 하고 고함을 지릅니다. 하지만 그들 모두가 아무런 생각 없이 세력가들에게 휘둘리고 이기적이기만 한 것일까요? 스토크먼은 그들을 비판할 줄만 알았지, 그들의 목소리를 들을 줄은 몰랐습니다. 그들 중에는 충분히 배우고 자신의 소신을 가지고 있으면서 스토크먼을 비판하는 이도 있었을 것이고, 온천의 문제가 스토크먼이 준비한 단 하나의 자료로 입증되기 어렵기에 그의 말을 믿지 못하는 이도 있었을 것이며, 단순히 이기심에서가 아니라 진심으로 고향의 경제를 걱정하는 마음에서 스토크먼에게 반대하는 이도 있었을 것이라 저는 생각합니다. 하지만 스토크먼은 그것을 들으려 하지도 않은 채 그들을 모두 악으로 만들어 버렸습니다. 동시에 그는 마을 시민들이 민주주의에 의해 결정해 온 모든 일들을 어리석은 일들이 되게 해 버렸습니다. 스토크먼은 하나의 사례와, 그 사례 안에서 자신이 알고 있는 작은 정보들을 가지고 민중들을 비난하고 적으로 돌린 것입니다.

다수의 민중이 사회의 적일 때도 있습니다. 하지만 극히 일부만을 보고 이것을 정의내려 버린 스토크먼의 결정과 발언은 큰 문제가 있다고 생각합니다. 이것은 사회에서 기득권층이 민중을 우매한 것이라 여기고 그들의 의견을 무시하며 자신들 멋대로 일을 처리하려 할 때 흔히 내세우는 논리입니다. 민주주의는 자신들이 살아갈 사회, 국가를 자신들의 손으로 이끌어 나갈 수 있게 하는 제도입니다. 단순히 그들이 가질 수 있는 위험성 정도로 이를 옳지 않다 하는 것은 무리가 있습니다.

독후감 길라잡이

❷ 가정을 생각해 달라는 스토크먼 부인의 당부에도 불구하고 자신의 소신을 굽히지 않던 스토크먼은 집, 친구, 형제, 돈, 직위를 비롯한 무수히 많은 것들을 잃게 됩니다. 과연 그가 한 행동이 가장으로서 옳은 것이었는지에 대해 토론해 봅시다.

▶학생 1 : 가장은 밖에서 돈을 벌어 오는 사람을 의미하는 것이 아니라, 가족을 이끌면서 가족들에게 모범이 되는 사람을 의미한다고 생각합니다. 권력과 민중에 도전하려 하는 스토크먼에게 시장을 비롯한 이들은 경고를 하고, 그의 아내까지도 그를 말리려 하지만 그는 끝내 뜻을 굽히지 않았고, 결국 그의 아내도 그의 편을 들게 됩니다.

그렇게 스토크먼이 자신의 소신을 굽히지 않은 결과로 그는 많은 것을 잃었지만, 대신 그는 자신과 가족에게 떳떳할 수 있는 가장이 되었습니다. 작품의 마지막에 정의로운 개인이 되어 싸움을 계속해 나갈 것을 다짐하는 스토크먼의 말에 가족들은 모두들 기뻐합니다. 그는 가족의 모범이 되었으며, 가장으로서 옳은 행동을 한 것입니다.

▷**학생 2 :** 스토크먼은 권력과 민중에 대항해 싸운 결과 가족과 신념을 제외한 모든 것을 잃게 됩니다. 풍요로운 생활을 해 오던 그가 하룻밤 사이에 몰락하게 된 것입니다. 이것은 당장에는 가장으로서 모범이 되는 행동을 보인 것이라 할 수도 있습니다. 하지만 시간이 흘렀을 때에도 모두가 그렇게 생각할까요? 제 집 하나 없이 홀스텔의 집에 얹혀사는 가족들은 우선 자유롭지 못할 것입니다. 그들의 일상 곳곳에 가난이 배어들게 되겠지요. 아내는 장을 보는 것이 가장 한숨 나오는 일이 될 것이고, 딸은 직장을 잃었으니 이제 무엇을 해야 할지 막막할 것입니다. 그들이 집밖을 나섰을 때 그들을 향하는 눈길과 손가락들은 그들을 고통스럽게 할 것이고, 어린 두 아들의 성격 발달에는 큰 문제가 될 것입니다.

스토크먼이 조금만 더 신중했더라면 자신의 뜻을 내세우되 적절한 시기를 보거나, 극단적인 표현들을 사용하지 않고 민중들을 설득할 수 있었을 것입니다. 하지만 그는 자신의 소신만을 신경 쓰며 가족의 안녕을 외면했습니다. 그러한 그가 가장으로서 옳은 행동을 보였다고는 말하기 어려울 것입니다.

❼ 독후감 예시하기

▷▶독후감 1 : 민중은 어떻게 해야 참다워질 수 있을까?

제가 정치에 대해 다루는 인터넷 뉴스를 읽고 난 뒤에 다는 댓글에는 항상 '알바'라는 사람들의 의견이 따릅니다. 부모님과 뉴스를 보면서 제 정치적 의견을 조금이라도 내비치면 부모님은 '알지도 못하는 게 떠든다'라며 나무라십니다. 그때마다 저는 과연 어떤 것이 옳은 생각이고 진리인가에 대해 많은 고민을 했었습니다.

이 책을 읽고 난 뒤, 저의 그러한 고민은 더욱더 커졌습니다. 주인공 스토크먼은 옳지 못한 민중에 대해 비판을 하면서 그들이 참다운 민중이 되어야 한다고 주장합니다. 그렇다면 과연 어떠한 민중이 참다운 민중인 것일까요? 저는 제가 충분히 알고 있다고 생각합니다. 정치에 관한 기사도 많이 읽고, 책도 많이 읽습니다. 어떠한 주장을 할 때에는 충분한 논리를 내세우는 것도 잊지 않습니다. 하지만 그런 제게 돌아오는 말은 '알지도 못하는 것'이라는 말뿐입니다.

깊게 고민하던 저는 과연 참다운 민중이 있기는 한 것인가라는 생각을 갖게 되었습니다. 그리고 답을 내렸습니다. 참다운 민중이란 자신이 무조건 옳다는 말을 내세우고 싶은 사람들이 보기 좋게 내세우는 핑계 거리였던 것입니다. 이 책의 주인공인 스토크먼은 평소에 저를 비난하던 이들의 모습을 가진 사람이었습니다. 역시 다른 이들이 내세우는 근거는 받아들이려 하지도 않은 채 자신이 무조건 옳다고 생각하며 민중을 비난합니다. 그리고 자신이 지향하는 방향으로 가

독후감 길라잡이

197

는 것이 답이라며 상대를 계몽시키려 하는 사람입니다.

이제 저는 그러한 핑계로 무장해서 저를 비판하려 드는 사람들에게 맞설 준비를 해야겠습니다. 자신만이 정의라고 주장하며 다른 이의 의견을 무시해 버리는 그런 이들과는 다르게, 보다 견고한 논리와 주장을 내세워 그들을 설득하고 그들이 다른 이들을 우매하다 나무라는 습관을 버리도록 할 것입니다.

▷▶독후감 2 : 자신의 소신을 굽히지 않는 사람

얼마 전 학급 회의가 끝난 뒤에 선생님께서 저를 교무실로 부르셨습니다. 선생님은 제가 학급회의 때마다 손을 들고 발언을 하다가 다른 친구들이 싫어하는 기색을 보이면 바로 의견을 접는 모습을 말씀하시면서 크게 걱정하셨습니다. 그리고 이 책을 읽도록 권하셨습니다.

이 책의 주인공 스토크먼은 저와 전혀 다른 사람이었습니다. 그는 많은 이들이 자신을 비난하고 자신을 막으려 해도 이에 굴하지 않고 소신을 지키는 인물이었습니다. 모든 것을 잃은 뒤에도 그 소신과 희망을 잃지 않는 스토크먼의 모습을 보면서 저는 선생님께서 제게 이 책을 권하신 이유를 깨닫게 되었습니다. 선생님은 제가 그와 같이 다른 사람들에 휩쓸려 제 의견을 굽히지 않는 모습을 보이기를 원하셨던 것입니다.

이제부터 저는 쉽게 제 뜻을 굽히지 않겠습니다. 물론 그것이 억지를 부리겠다는 말은 아닙니다. 제가 옳다고 생각하고 그 근거가 충분한 것이라면 적극적으로 주장할 것입니다. 만약 반대하는 사람이 있다면 그 이유를 묻고, 그 사람을 설득시키기 위해 노력할 것입니다.

독후감 제대로 쓰기

❶ 책을 읽기 전에

우리는 책을 통해서 지식을 쌓고 학문을 연마하게 됩니다. 또한 교양을 얻고 수양을 쌓게 되지요. 그리하여 즐겁고 보람 있는 생활을 할 수 있는 것입니다. 이러한 습관이 지속된다면 이것이 곧 나의 생활 자체가 되고, 책을 읽는 시간이 얼마나 가치 있고 즐거운 시간인지 깨닫게 될 것입니다.

독후감을 쓰기 위해서는 책을 읽어야 함은 말할 것도 없습니다. 그러나 아무 책이나 읽는다고 다 좋은 것은 아닙니다. 특히 중학생은 아직 양서를 구별할 만한 충분한 지식을 갖추지 못했기 때문에 선생님 혹은 부모님, 그리고 선배들이 권하는 책이나, 이미 국내적으로나 세계적으로 잘 알려진 명작이나 명저를 찾아 읽는 것이 바른 방법이라고 볼 수 있습니다. 예컨대 사회적으로 존경받을 만한 사람들의 일대기를 그린 위인전이나 자서전 같은 것은 읽을 가치가 있으며, 명시 모음집이나 명작 소설, 특정한 분야의 관찰기, 평론집 같은 것도 좋은 읽을거리가 될 수 있습니다.

그럼 효율적인 독서를 위해서 유의해야 할 점을 알아볼까요?

첫째, 본문을 읽기 전에 책의 앞부분에 있는 머리말이나 해설하는 글을 먼저 정독합니다. 그러면 책을 쓰게 된 동기나 평가 등에 대하여 잘 알 수 있게 되죠.

둘째, 목차를 잘 살펴봅니다. 목차에서 그 책의 내용이 어떻게 전개될 것인가에 대해 미리 파악할 수 있기 때문입니다.

셋째, 본문을 읽기 시작하면, 그 중에 잘 모르는 단어나 문구가 나오기 마련입니다. 그런 것은 곧 사전을 찾아 뜻을 알아두어야 합니다. 그런 것을 무시했다가는 자칫 전체를 이해하지 못하는 오류를 범할 수 있거든요.

넷째, 각 문단별로 소주제가 무엇인지를 파악하고, 그 줄거리를 요약하는 습관을 길러야 합니다. 특히 필자가 표현하려는 것과 그 뒷받침되는 내용이 무엇인지 알아내는 것이 필수겠지요.

다섯째, 글의 배경은 무엇인지, 앞뒤 맥락이 어떻게 이어지고 있는지를 잘 생각하면서 읽어야 합니다. 그리고 소설일 경우에는 주인공과 등장인물들의 성격이나 특성을 파악해야 하지요.

여섯째, 다 읽은 다음에는 줄거리를 만들어 보고, 전체적인 주제가 무엇인지 정리하는 작업도 필요합니다.

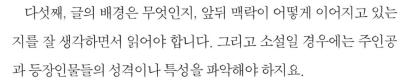

❷ 책을 감상하는 방법

책을 읽을 때는 내용을 진지하게 파고들어 가며 읽어야 합니다. 즉 자기의 현재 생활과 비교해 가며 생각의 폭과 사고를 넓히는 것이 중요하답니다. 그리고 작품의 문체·제목·주제·논제 등도 염두에 두고 읽으면 독후감을 쓰기가 좀더 수월해집니다.

그리고 저자가 강조하고 있는 내용과 사건들이 현재 우리 사회에 어떤 의미를 가지고 있으며 어떻게 발전시켜 나가야 할 것인가를 생각하며 읽습니다. 더불어 저자가 작품에서 강조하려고 하는 것이 무엇인가를 파악하며 읽을 필요가 있습니다. 그렇다고 굉장한 부담을 느끼면서 책을 읽을 필요는 없습니다. 책 읽는 것 자체를 즐긴다면 그리 깊게 생각하지 않아도 작가가 말하려는 바를 깨닫게 될 테니까요.

그렇다면 각 문학 장르에 따라 어떤 점에 유념하여 책을 읽어야 하는지 알아볼까요?

┃**소설**┃ 작품의 주제를 파악하고 작중 인물의 성격과 배경을 생각하며 주인공이 어떻게 변화되어 가고 있는가를 염두에 두고 읽습니다. 자신의 생각이나 현실과 결부시켜 보는 것도 재미를 배가시켜 줄 거예요.

┃**시**┃ 선입견 없이 그대로 느낌을 받아들이며 읽습니다.

┃**희곡**┃ 무대 상연을 전제로 하여 쓰여진 것이기 때문에 시간적·공간적 제약을 받는다는 것을 염두에 두어야 합니다.

┃**역사 소설**┃ 인물·사건 등을 작가가 상상력에 의존하여 구성한 글로서, 항상 계몽사상이나 민족의식 고취 등 어떤 목적이 들어 있는지를 파악하며 읽어야 합니다.

┃**역사**┃ 역사는 역사 소설과는 구분지어야 합니다. 이것은 정확한 기록으로 글쓴이의 주관적 해석이 들어 있을 수 없으며, 시간의 흐름에 따라 사건을 나열한 것임을 생각해야 합니다.

┃**수필**┃ 지은이의 인생관이 들어 있습니다. 심리적 부담감이 적으므로 편안한 마음으로 읽을 수 있습니다.

┃**전기문**┃ 인물의 정신, 자취, 시대적 배경과 사회적 환경을 먼저

파악해야 합니다.

▌과학 도서▐ 미지의 세계에 대한 탐구심, 합리적 사고력 배양, 지식과 정보의 입수, 창의력을 기르는 데 도움이 되므로 평소 이에 대한 흥미를 갖는 것이 중요합니다.

❸ 독후감이란 무엇인가?

독후감은 말 그대로 어떤 글이나 책을 읽고, 그에 대한 느낌이나 생각을 쓰는 것입니다. 좋은 책을 읽고 그것을 정리해 두지 않는다면 곧 그 내용을 잊어버려, 독서를 한 만큼의 가치를 얻지 못할 수도 있으니까요. 그러므로 한 권의 책을 읽으면 곧 그 책의 내용을 정리하고, 느낌이나 생각을 적어 두는 것이 좋습니다.

독후감은 느낌이나 생각을 거짓 없이 써야 하나, 그렇다고 아무렇게나 써도 되는 것은 아닙니다. 즉 독후감도 글이므로 수필의 형식으로 쓰든, 논술의 형식으로 쓰든, 정확하게 읽고 주제와 내용에 맞게 써야 함은 물론이죠. 아무리 좋은 글이나 책이라도, 잘못 읽어 실제와 맞지 않는 생각이나 느낌을 쓰면 좋은 독후감이라고 할 수 없거든요. 그러므로 좋은 독후감을 쓰려면 독서를 잘해야 한다는 것이 전제됩니다. 독서를 잘하는 방법은 따로 있는 게 아니라, 그저 많이 읽다 보면 요령이 생기고, 이해도 쉽게 되며, 능률도 오르게 되는 것입니다.

❹ 독후감은 왜 쓰는가?

독후감을 쓰는 목적은 독후감을 작성함으로써 독서하는 능력이 향상되고 글 쓰는 훈련을 할 수 있기 때문입니다. 그러므로 독후감을 쓰기 위해 책을 읽으면 보다 깊은 생각을 하면서 책을 읽게 됩니다. 또한 책을 통해 생활을 반성하며, 책에서 얻은 지식과 감명을 음미하여 자기 생활에 적용시킬 수 있습니다. 문장력과 논리적 사고가 향상되는 것은 물론이고요! 그럼 독후감을 왜 쓰는지 다음과 같이 정리해 볼까요?

① 읽은 책의 내용을 되살려 다시 음미해 볼 수 있습니다.

② 감동을 간직하고 책 읽는 보람을 얻을 수 있습니다.

③ 책을 통해 지식을 심화시킬 수 있습니다.

④ 책을 통해 자신의 문제를 연관지어 볼 수 있습니다.

⑤ 글을 써 봄으로 해서 생각을 깊이 있게 할 수 있습니다.

⑥ 독서 목표를 확실히 할 수 있습니다.

⑦ 작품에 대한 비판력과 변별력을 기를 수 있습니다.

⑧ 생각을 조리 있게 쓸 수 있는 작문력을 향상시켜 줍니다.

⑨ 사고력과 논리력, 추리력을 기를 수 있습니다.

⑩ 바르게 책을 읽는 습관을 형성할 수 있습니다.

❺독후감을 쓰기 전에 생각하기

독후감은 수필의 형식이든 논술의 형식으로든 쓸 수 있다고 했는데, 사실 이 둘의 차이는 모호합니다. 다만, 수필이 자유롭게 붓 가는 대로 쓰는 것이라면 논술은 논리 정연하게 쓴다는 점이 다르다고 할 수 있습니다.

붓 가는 대로 자유롭게 수필의 형식으로 쓰는 독후감이라도 글의 앞뒤가 맞지 않는다든지, 주제가 통일되지 않으면 좋은 평가를 받을 수 없습니다. 논리 정연하게 쓰는 독후감이라면, 서론·본론·결론으로 나누어 서술해야 함은 물론이구요.

서론에 해당되는 부분에서는 그 책에 대한 소개나 쓴 사람의 생애, 또는 특기할 만한 일화 같은 것을 적는 것이 일반적입니다.

본론에 해당하는 부분에서는 그 책을 읽고 특별히 다루려는 내용을 체계적이고 구체적으로 써야 합니다.

결론에서는 본론에서 다룬 내용을 요약하거나, 자신이 읽은 후의 감상, 그 책의 좋은 점, 나쁜 점 등을 들어서 마무리를 해야 합니다.

독후감은 짧게 쓰는 것이 상례이므로, 작품 전체를 거론하기보다는 특정한 주제를 잡아서 쓰는 것이 좋습니다. 보편적으로 다룰 수 있는 몇 가지 주제를 제시해 보면 다음과 같습니다.

첫째, 작가의 의식이나 주인공의 언행, 성격과 연관지어 주제를 구현시키는 방법입니다. 문학 작품이라면 주제가 애정이나 애국, 의리나 배반일 수 있으므로 이러한 점에 초점을 두고 써야겠지요. 또한 과학에 관계된 것이라면, 그 발명의 의의나 연구자의 노력과 관련시켜 서술해야 하겠지요.

둘째, 저자의 이념이나 생애, 업적에 관심을 두고 쓰는 방법입니다.

그 작품을 통하여 알 수 있는 저자의 철학이나 사상 또는 저자가 그 작품을 남기기까지의 역경이나 작품을 쓰게 된 동기, 작품의 가치나 다른 작품에 미친 영향 등 작품과 연관시켜 쓰는 것이지요.

셋째, 작품의 내용을 중심으로 기술합니다

예컨대, 작품 속 주인공의 성격을 분석하거나 다른 사람과 비교해 볼 수도 있고, 그 작품의 사건이나 시대적 배경을 논의하거나, 작품의 구성 같은 것에 초점을 두고 이야기할 수도 있습니다.

이와 같이 작품을 읽기 전에 먼저 어떤 점에 중점을 두고 독후감을 쓸 것인가를 염두에 둔다면, 그렇지 않은 경우보다 훨씬 이해가 쉽고, 나중에 독후감을 쓰는 데도 도움이 될 것입니다.

❻ 독후감의 여러 가지 유형

1. 처음에 결론부터 쓴 다음 왜 그러한 결론이 도출되었는지 감상을 자세하게 쓰거나, 감상을 먼저 쓰고 결론을 씁니다.

2. 책을 읽게 된 동기부터 설명하고 글 중간에 자기의 감상을 씁니다.

3. 저자나 친구에 대한 편지 형식으로 감상을 쓰거나 주인공에게 대화 형식으로 씁니다.

4. 시(詩)의 형태로 감상문을 씁니다.

5. 대화문(對話文) 형식으로 씁니다.

6. 줄거리부터 요약한 다음 자기의 느낌이나 생각을 씁니다.

❼ 독후감을 구체적으로 쓰는 방법

어렵게 쓰겠다는 생각은 하지 말고 쉽게 써야겠다는 마음가짐을 가져야 좋은 글이 나올 수 있습니다. 그리고 무엇보다 감상문을 쓰기 전에 무엇을 어떻게 쓸까 조목별로 골자를 먼저 쓰고, 이 골자에 살을 붙이는 방법으로 쓰려고 노력해야 합니다. 이때 의도적으로 아름답게 잘 쓰려고 하지 않는 것이 좋습니다. 자, 그럼 더 자세하게 알아볼까요?

1. 먼저 제목을 붙입니다.

2. 처음 부분(머리글)을 씁니다.

   ꞏ⫸ 책을 읽게 된 이유나 책을 대했을 때의 느낌을 씁니다.

   ꞏ⫸ 자신의 생활 경험과 관련지어 써 봅니다.

   ꞏ⫸ 제일 감동받은 부분을 씁니다.

   ꞏ⫸ 지은이나 주인공을 소개하는 글을 씁니다.

3. 가운데 부분을 씁니다.

   ꞏ⫸ 자기의 생활과 견주어 씁니다.

   ꞏ⫸ 주인공과 나의 경우를 비교해서 씁니다.

··❱ 시시비비를 분명히 가려야 합니다.

··❱ 가장 극적이었던 부분을 소개합니다.

4. 끝부분을 씁니다.

··❱ 자신의 느낌을 정리합니다.

··❱ 자신의 각오를 씁니다.

독후감을 쓴 다음에는 다음과 같은 추고의 과정이 필요합니다.

첫째, 쓴 글을 다시 한 번 읽으면서 맞춤법이나 표준어 규정에 어긋나는 것은 없는지 살펴봐야 합니다.

둘째, 문장이 잘 구성되어 있는지, 또 문단이 잘 짜여져 있는지 알아보아야 합니다. 한 문단에는 소주제문과 보조문들이 있어야 하는데, 그런 점이 잘 지켜져 있는지 유의해야 합니다.

셋째, 글 전체의 구성이 잘 이루어졌는지 살펴봅니다. 예를 들어 서론에 해당하는 부분이 지나치게 길다든지, 결론에 해당하는 부분이 너무 짧다든지, 전체적인 구성이 균형을 잃고 있다면 다시 고쳐 써야 하겠지요.

우리가 시간을 들여 열심히 책을 읽고 난 후 독후감을 잘 쓰기 위해서는 책을 읽고 있는 동안의 느낌을 잊지 않고 글로써 표현할 줄 알아야 하며, 책을 읽고 가장 감명받은 부분을 기억하고 있어야 합니다. 또한 다른 사람들은 어떻게 독후감을 썼는지 남의 것을 읽어 보고, 자신의 것과 비교해 보며 자주 글을 써 보는 것이 중요합니다. 그렇게 하다 보면 자신만의 개성 있는 필치로 독특한 감상문을 쓸 수 있게 되지요. 학교에서 아무리 독후감 숙제를 내주어도 부담없이 즐거운 기분으로 끝낼 수 있을 겁니다!

❽ 그 밖에 알아두면 유익한 것들
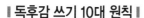

▌독후감 쓰기 10대 원칙 ▌

1. 자신의 수준에 맞는 책을 선택합시다.
2. 독후감 쓰는 형식이 있기는 하지만 너무 거기에 구애받을 필요는 없습니다.
3. 자신이 작가라면 어떻게 글을 이끌어갈지를 생각하며 읽어 봅시다.
4. 평소 음악 평론이나 영화 평론을 많이 읽어 봅시다.
5. 읽으면서 마음에 와닿는 것이 있다면 따로 적어 둡시다.
6. 현대 사회의 문제점과 비교하면서 읽어 봅시다.
7. 모르는 것이 있으면 적어 두는 습관을 기릅시다.
8. 신문 사설이나 칼럼을 스크랩해서 필요할 때 사용합시다.
9. 요약하는 데에만 집착하지 말고 제대로 책을 읽읍시다.
10. 읽은 후에는 꼭 독후감을 직접 써 봅시다.

▌책을 읽는 10가지 방법 ▌

1. 아주 어릴 때부터 책과 친하게 지내는 습관을 기릅시다.
2. 너무 속독하려 하지 말고 담겨진 내용을 충실히 읽는 습관을 기

릅시다.

3. 항상 작품이 나와 어떠한 상관 관계가 있는지 체크를 해 가며 읽읍시다.

4. 무조건 책장을 넘길 것이 아니라 시시비비를 가려 가면서 읽읍시다.

5. 매일매일 조금씩이라도 책을 읽는 습관을 들입시다.

6. 책 속에 담긴 뜻을 음미하고 되새기면서 읽읍시다.

7. 너무 자신의 취향에 맞는 책만 읽지 말고 다양한 장르의 책을 골고루 읽도록 합시다.

8. 책 속에 담겨진 교훈을 깊이 생각하고 생활에 적용시킵시다.

9. 책에 따라 읽는 방법을 달리하는 습관을 들입시다. 모든 책이 만화책은 아니기 때문이죠.

10. 바른 자세로 앉아 눈과의 거리를 30cm 두고 밝은 곳에서 읽읍시다.

❾ 원고지 제대로 사용하기

▌제목 및 첫 장 쓰기▐

1. 제목은 석 줄을 잡아 둘째 줄 가운데에 씁니다.

2. 1행 2칸부터 글의 종별을 표시합니다. 가령 수필이면 '수필'이라고 씁니다. 간혹 글의 종별을 비워 두는 경우가 많은데 이는 적는 것을 잊었거나, 원고지 사용법에 무관심하기 때문입니다.

3. 제목을 쓸 때에는 마침표를 찍지 않고, 물음표와 느낌표는 붙이지 않는 것이 좋습니다.

4. 제목에 줄임표는 사용하지 않는 것이 상례입니다.

5. 이름은 넷째 줄 끝에 두 칸 정도를 남기고 씁니다. 특별한 경우에는 서너 칸을 남겨도 됩니다.

6. 성과 이름은 붙여 씁니다. 다만, 성과 이름을 분명히 구별할 필요가 있을 경우에는 띄어 쓸 수 있습니다.

　예) 임채후 (O), 남궁석 (O), 남궁 석 (O)

7. 본문은 여섯째 줄부터 쓰는 것이 좋습니다. 단, 특수한 작문인 경우는 넷째 줄부터 본문을 시작해도 상관없습니다.

8. 학교 이름이나 주소가 길 경우에는 세 줄로 쓸 수 있습니다.

9. 주소는 보통 표제지에 기재하고 원고지 첫 장에는 제목과 성명만 간단하게 적는 것이 상례입니다.

10. 성명의 각 글자는 시각적 효과를 위해 널찍하게 한두 칸씩 비워 써도 무방합니다.

11. 학교 앞에 지명을 기입할 때는 학교명을 모두 붙여 써서 지명과 학교명의 구분을 명확히 해 주는 것이 좋습니다.

▍첫 칸 비우기▍

1. 각 문단이 시작될 때는 첫 칸을 비우고 씁니다.

2. 대화체의 경우는 첫 칸을 비우고 씁니다.

3. 인용문이 길 때는 행을 따로 잡아 쓰되, 인용 부분 전체를 한 칸

들여서 씁니다.

4. 첫째, 둘째, 셋째 등으로 이야기를 전개해야 할 때는 시작할 때
마다 첫 칸을 비울 수 있습니다. 단, 그 길이가 길거나 제시된 내
용을 선명하게 하고자 할 때 비워 둡니다.

5. 시는 처음 두 칸 정도 줄마다 비우고 씁니다.

▌줄 바꾸기 ▌

1. 문단이 바뀔 때는 줄을 바꾸어 씁니다.

2. 대화는 줄을 새로 잡아 씁니다.

3. 인용문을 시작할 때는 줄을 바꾸어 씁니다. 단, 그 길이가 길 때
한해서입니다.

4. 대화나 인용문 뒤에 이어지는 지문은 글이 다시 시작되는 것이
므로 한 칸을 들여 씁니다. 단, 이어 받는 말로 시작되는 지문은
첫 칸부터 씁니다.

▌문장 부호 및 아라비아 숫자, 영문자 ▌

1. 문장 부호는 한 칸에 하나씩 넣는 것이 원칙입니다.

2. 아라비아 숫자는 한 칸에 두 자씩 넣습니다.

3. 한자(漢字)로 쓸 때는 띄어 쓰지 않습니다. 그러나 한자와 한글
이 함께 쓰이면 띄어 쓰기를 합니다.

4. 마침표(.)와 쉼표(,) 다음에는 통례상 한 칸을 비우지 않으며, 느
낌표(!), 물음표(?) 다음에는 통례상 한 칸을 비웁니다.

5. 행의 첫 칸에는 문장 부호를 쓰지 않습니다. 첫 칸에 문장 부호를 써야 할 경우는 그 바로 윗줄의 마지막 칸에 글자와 함께 씁니다.

6. 영문자의 경우, 대문자는 한 칸에 한 글자, 소문자는 한 칸에 두 글자씩 넣습니다.

❿ 문장 부호 바로 알고 쓰기

1. 마침표 : 문장을 끝마치고 찍는 문장 부호로 온점(.), 물음표(?), 느낌표(!)를 이르는 말입니다.

2. 쉼표 : 문장 중간에 찍는 반점(,) 가운뎃점(·) 쌍점(:) 빗금(/)을 이르는 말입니다.

3. 따옴표 : 대화, 인용, 특별어구를 나타낼 때 쓰는 문장 부호로 큰따옴표("")와 작은따옴표(' ')를 씁니다.

4. 그 밖의 문장 부호 : 물결표(~)는 '내지(얼마에서 얼마까지)'라는 뜻에 씁니다. 줄임표(……)는 할말을 줄였을 때와 말이 없음을 나타낼 때 씁니다.

⓫ 마 치 며

초등학교나 중학교에서는 독후감이라는 말을 사용하지만 고등학교에 가게 되면 독후감이라는 말보다는 아마 논술이라는 말을 더 많이 쓰고 더 많이 듣게 될 것입니다. 논술이란 말 그대로 어떠한 논제를 가지고 논리적으로 서술하는 것을 말하는데, 이는 하루아침에 이루어지지 않습니다. 다양한 분야의 많은 것을 폭넓고 깊이 있게 알고, 주관을 뚜렷이 할 때만이 논술을 잘 쓰게 되는 것이지요. 그러기 위해서는 중학교 시절부터 많은 책을 읽어 보고 스스로 글을 써 보는 훈련을 하는 것이 중요합니다.

실제로 고등학교에 가면 교과목 공부에도 시간이 모자라 제대로 책을 읽을 시간이 없거든요. 무엇을 알아야 글을 쓸 것이고, 자신의 주장을 피력할 것 아니겠어요? 그러니 중학생 시절부터 좋은 책을 많이 읽어 보고, 생각해 보며, 글을 써 보는 노력을 하는 것이 여러분의 미래를 더욱 밝게 해줄 것입니다. 아마 그렇게 한 사람은 그렇지 않은 사람보다 10리쯤 앞서 나가지 않을까 생각되는데 여러분 생각은 어떠세요?

▌성 낙 수 ▌
한국교원대학교 교수, 연세대학교 졸업, 동 대학원에서 석사·박사 학위 받음
▌오 은 주 ▌
서울여고 교사, 현재 한국교원대학교 대학원 재학, 국민대학교 졸업
▌김 선 화 ▌
홍천여고 교사, 현재 한국교원대학교 대학원 재학, 강원대학교 졸업

중학생이 보는
민중의 적

초판1쇄 인쇄 2013년 3월 4일
초판1쇄 발행 2013년 3월 11일

엮 은 이 성낙수 · 오은주 · 김선화
지 은 이 헨릭 입센
옮 긴 이 곽복록
펴 낸 이 신원영
펴 낸 곳 (주)신원문화사

주   소 서울시 영등포구 당산동 121-245 신원빌딩 3층
전   화 3664—2131~4
팩   스 3664—2130

출판등록 1976년 9월 16일 제5 - 68호

＊잘못된 책은 바꾸어 드립니다.

ISBN 978 - 89 - 359 - 1632 - 0   44800
ISBN 978 - 89 - 359 - 1626 - 9 (세트)